거울 나라의 앨리스

Through the Looking-Glass

거울 나라의 앨리스

큰 글씨 책

루이스 캐럴

최지원 옮김

midnight 심야 bookstore
책방

차례

1장 거울 속의 집   13

2장 살아 있는 꽃들의 정원   35

3장 거울 나라 곤충들   55

4장 트위들덤과 트위들디   77

5장 양털과 강   102

6장 험프티 덤프티   123

7장 사자와 전설의 유니콘   147

8장 "그건 내가 발명한 거야"   167

9장 앨리스 여왕   195

10장 흔들기   225

11장 꿈에서 깨어나기   227

12장 그건 누구의 꿈이었을까   228

붉은 편

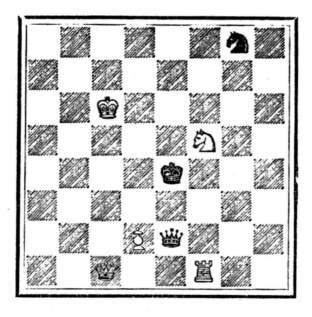

하얀 편

등장인물

(게임 시작 전 배열 순서대로)

하얀 편		붉은 편	
말	졸	졸	말
트위들디	데이지	데이지	험프티 덤프티
유니콘	헤이어	전령	목수
양	굴	굴	바다코끼리
하얀 여왕	릴리	참나리	붉은 여왕
하얀 왕	아기 사슴	장미	붉은 왕
노인	굴	굴	까마귀
하얀 기사	하타	개구리	붉은 기사
트위들덤	데이지	데이지	사자

하얀 졸(앨리스)이 11수 만에 이기는 법

1. 앨리스가 붉은 여왕을 만나다

2. 앨리스가 (기차로) 여왕 줄의 세 번째 칸을 지나 네 번째 칸(트위들덤과 트위들디의 집)에 도착하다

3. 앨리스가 하얀 여왕(숄을 걸친)을 만나다

4. 앨리스가 여왕 줄의 다섯 번째 칸으로 가다(가게, 강, 가게)

5. 앨리스가 여왕 줄의 여섯 번째 칸으로 가다(험프티 덤프티와 만나다)

6. 앨리스가 여왕 줄의 일곱 번째 칸으로 가다(숲)

7. 하얀 기사가 붉은 기사를 잡다

8. 앨리스가 여왕 줄의 여덟 번째 칸으로 가다(대관식)

9. 앨리스가 여왕이 되다

10. 앨리스가 성으로 들어가다(만찬)

11. 앨리스가 붉은 여왕을 잡고 이기다

1. 붉은 여왕이 왕 쪽 루크 줄의 네 번째 칸으로 가다

2. 하얀 여왕이 여왕 쪽 비숍 줄의 네 번째 칸으로 가다(숄을 찾아서)

3. 하얀 여왕이 여왕 쪽 비숍 줄의 다섯 번째 칸으로 가다(양이 되다)

4. 하얀 여왕이 왕 쪽 비숍 줄의 여덟 번째 칸으로 가다(선반에 달걀을 놓다)

5. 하얀 여왕이 여왕 쪽 비숍 줄의 여덟 번째 칸으로 가다(붉은 기사한테서 도망치다)

6. 붉은 기사가 왕 줄의 두 번째 칸으로 가다(체크)

7. 하얀 기사가 왕 쪽 비숍 줄의 다섯 번째 칸으로 가다

8. 붉은 여왕이 왕의 칸으로 가다(앨리스를 시험하다)

9. 두 여왕이 성에 들어가다

10. 하얀 여왕이 여왕 쪽 루크 줄의 여섯 번째 칸으로 가다(수프)

———

티 없이 순수하고
신비로움을 꿈꾸는 눈빛의 아이야!
시간은 덧없이 흘러, 너와 나
인생의 반을 뿔뿔이 흩어져 있다 해도
너는 사랑스러운 미소로
사랑이 깃든 선물, 요정 이야기를 반기리라.

나는 햇살 같은 너의 얼굴을 보지 못했고
은빛 웃음소리도 듣지 못했지.
앞으로 네 젊은 날에
내 자리가 있을지 모르지만
내 요정 이야기에 귀 기울여주는 것만으로
나 충분하리.

여름 햇살이 이글이글 타오르던 그때
이야기는 시작되었지.
우리가 젓던 노의 리듬에 맞춰
울려 퍼지던 그 소박한 종소리,
그 메아리는 여전히 귓가에 머무는데
시샘쟁이 세월은 그만 잊으라 하네.

이리 와서 들어보렴.
쓰라린 소식을 간직한 목소리가
슬픔에 젖은 아가씨를
달갑지 않은 침대 곁으로 부르기 전에!
아이야, 우리는 단지 잠자리에 들기 싫어하는
나이 든 아이일 뿐이란다.

밖에는 서리와 세찬 눈바람,
폭풍이 변덕스럽게 몰아쳐도
방 안에는 활활 타는 장작불과
즐거운 어린 시절의 요람이 있지.
넌 마법 이야기에 사로잡혀
무서운 눈보라를 잊으리.

행복했던 여름날은 가고

여름의 영광도 자취를 감춰

한숨의 그림자가

이야기 사이를 떨면서 지나갈지라도

고통스러운 숨결은

요정 이야기의 즐거움에 닿지 못하리.

1장
거울 속의 집

한 가지는 확실했다. 하얀 아기 고양이는 이 일과 아무 상관이 없다는 것이다. 이건 순전히 까만 아기 고양이의 잘못이었다. 왜냐하면 어미 고양이가 하얀 아기 고양이의 얼굴을 십오 분 동안이나 씻어주고 있었기 때문이다. (하얀 아기 고양이는 얌전하게 잘 참고 있었다.) 그러니 하얀 아기 고양이가 이 못된 장난을 칠 틈은 없었으리라.

어미인 다이너가 아기 고양이들의 얼굴을 씻기는 방식을 설명하자면 이렇다. 먼저 앞발 하나로 가엾은 아기 고양이의 귀를 꼭 잡아 누른 다음, 다른 앞발로 코부터 시작해 얼굴 전체를 구석구석 문지른다. 방금 말했듯이 다이너는 하얀 아기 고양이를 열심히 씻기고 있었고, 하얀 아기 고양이는 자기한테도 이롭다는 걸 아는지 가만히 누워 가르랑거렸다.

까만 아기 고양이는 오후에 일찌감치 세수를 마쳤다. 그러니 앨리스가 커다란 안락의자 한 귀퉁이에 웅크리고 앉아 털실을 감다가 반쯤은 졸고 반쯤은 혼잣말을 하는 동안, 감다 만 털실 뭉치를 이리저리 굴리면서 다 풀어놓은 범인은 바로 까만 아기 고양이였을 것이다. 털실 뭉치는 난로 앞 양탄자 위에 엉망진창으로 엉클어졌다. 까만 아기 고양이는 바로 그 가운데서 자기 꼬리를 잡으려고 빙글빙글 돌고 있었다.

앨리스가 소리를 질렀다.

"요런 못된 장난꾸러기!"

앨리스는 까만 아기 고양이를 붙잡아 잘못을 알려주려고 살짝 입맞춤을 했다. 그러고는 어미 고양이를 나무라는 듯 한껏 화난 어조로 말을 이었다.

"정말이지, 다이너가 너한테 버릇을 똑바로 가르쳤어야 했는데! 다이너, 너도 그래야 하는 거 알고 있지?"

앨리스는 까만 아기 고양이를 들어 올린 다음 안락의자에 다시 올라앉아 털실을 감기 시작했다. 하지만 아기 고양이에게 말을 거느라, 또 혼잣말을 중얼거리느라 그다지 빨리 감지는 못했다. 아기 고양이는 앨리스의 무릎에 얌전히 앉아 실을 감는 모습을 지켜보는 척하다가 이따금 앞발을 내밀어 털실을 툭 건드렸다. 마치 할 수만 있다면 기꺼이 돕겠다는 듯이.

앨리스가 말했다.

"야옹아, 너 내일이 무슨 날인지 아니? 나랑 창가에 있었으면 알았을 텐데. 그때 다이너가 널 씻겨주고 있었으니 몰랐겠지. 남자애들이 모닥불을 피우려고 장작을 모으는 걸 봤어. 모닥불에 장작이 얼마나 많이 필요하다고. 그런데 야옹아, 날씨가 너무 춥고 눈도 많이 내려서 그 애들은 일찍 가버리고 말았어. 하지만 걱정하지 마, 야옹아. 내일은 모닥불을 구경하러 갈 거니까."

앨리스는 어울리나 보려고 고양이 목에 털실을 두세 번 감아보았다. 그러다 털실 뭉치가 바닥으로 떨어져 떼굴떼굴 굴러가는 바람에 실이 다 풀려버려 또다시 엉망진창이 되고 말았다.

앨리스는 다시 아기 고양이와 편안하게 자리를 잡자마자 중얼거렸다.

"야옹이 너, 내가 얼마나 화났는지 알아? 네가 장난쳐 놓은 걸 보자 하마터면 창문을 열고 널 눈 속에 던져버릴 뻔했단 말이야! 넌 그래도 싸. 이 조그만 말썽꾸러기야! 뭐라고 변명할래? 내 말 막지 말고 입 다물어!"

앨리스는 손가락 하나를 치켜세우며 말을 이었다.

"네 잘못을 다 말해줄게. 첫째, 오늘 아침 다이너가 얼굴을 씻겨줄 때 넌 두 번이나 낑낑거렸어. 오리발 내밀진 못하겠지? 내가 다 들었어! 뭐라고? (까만 아기 고양이가 말하는 걸 듣는 시늉을 하며) 엄마 발에 눈이 찔렸다고? 그건 네 탓이야. 눈을 뜨고 있었으니까. 꼭 감았으면 괜찮았을 거야. 변명은 집어치우고 내 말 듣기만 해! 둘째, 내가 스노드롭 앞에 우유 접시를 놓자마자 넌 개의 꼬리를 잡아당겼어! 뭐, 목이 말랐다고? 개도 목이 말랐을지 모르잖아? 셋째, 넌 내가 안 보는 틈을 타 털실 뭉치를 모조리 풀어놨어! 잘못을 세 가지나 저질렀는데 넌 벌을 하나도 받지 않았어. 내가 다음 수요일에 한꺼번에 벌주려고 벼르고 있는 거야."

앨리스는 아기 고양이에게가 아니라 혼잣말을 하듯 말을 이어갔다.

"혹시 내 벌도 이렇게 모아지고 있는 거 아니야? 그럼 올 연말에 난 어떻게 되는 거지? 분명히 감옥에 가게 될 거야. 가만있자, 아니면 잘못할 때마다 저녁을 굶어야 할 거야. 그 슬프고 끔찍한 날이 오면 한꺼번에 오십 끼를 굶어야 할 수도 있어! 음, 그건 그렇게 걱정하지 않아도 될 거야! 오십 끼를 한꺼번에 먹는 것보단 차라리 안 먹는 게 더 낫거든!

야옹아, 창문을 툭툭 두드리는 눈 소리가 들리니? 정말 부드럽고 멋진 소리야! 마치 누군가가 창문에 입 맞추는 소리 같아. 눈이 나무와 들판을 사랑해서 저렇게 부드럽게 입맞춤을 하는 건 아닐까? 그리고 하얀 이불로 포근히 감싸주며 '내 사랑들, 여름이 다시 올 때까지 잘 자렴' 하고 말하는 걸지도 몰라. 여름이 오면 나무와 들판은 잠에서 깨어나 푸른색 옷을 입고 바람결에 춤을 춘단다. 아, 얼마나 아름다울까!"

앨리스는 이렇게 외치면서 손뼉을 치다가 털실 뭉치를 툭 떨어뜨리고 말았다.

"진짜 그렇게 되면 좋겠다. 나뭇잎이 갈색으로 물드는 가을이면 숲이 꾸벅꾸벅 조는 것처럼 보일 거야.

야옹아, 너 체스 둘 줄 아니? 야, 웃지만 말고. 이 귀염둥이야, 난 지금 진지하게 묻는 거야. 아까 우리가 체스 둘 때 너도 뭘 좀 아는 것처럼 지켜봤잖아. 그리고 내가 '체크!'라고 말할 땐 가르랑거렸어! 그건 정말 제대로 된 체크였어. 야옹아, 정말로 난 이길 뻔했다니까. 그 못돼먹은 기사가 내 말들 사이로 꿈틀대며 들어오지만 않았어도 말이야. 야옹아, 우리 흉내 내기 놀이 해보자……."

이 부분에서 나는 여러분에게 앨리스가 가장 좋아하는 말인 "우리 흉내 내기 놀이 해보자"로 시작해서 이 아이가 했던 말들의 반이라도 들려주고 싶다. 앨리스는 바로 그 전날 언니와 꽤 오랫동안 말다툼을 했다. 그건 모두 앨리스가 "우리 왕과 왕비들 흉내 내기 놀이 해보자"라고 해서 생긴 일이었다. 평소 매우 정확한 걸 좋아하는 언니가 둘밖에 없는데 어떻게 왕하고 왕비들이 될 수 있느냐고 따져 물었기 때문이다.

결국 앨리스는 이렇게 대답할 수밖에 없었다.

"그럼 언니는 왕이나 왕비 중 한 명을 하고 나머진 내가 다 할게."

또 한 번은 앨리스가 늙은 유모의 귀에다 대고 갑자기 이렇게 소리치는 바람에 유모가 깜짝 놀란 적도 있었다.

"유모! 나는 배고픈 하이에나이고 유모는 뼈다귀인 척해봐요!"

자, 이쯤에서 그만하고 앨리스와 아기 고양이의 대화로 다시 돌아가 보자.

"야옹아, 붉은 여왕 흉내 좀 내봐! 똑바로 앉아 팔짱을 끼고 있으면 꼭 붉은 여왕처럼 보일 거야. 자, 한번 해봐. 저기 있네!"

앨리스는 붉은 여왕을 탁자에서 가져와 모습을 흉내 내보라는 듯이 아기 고양이 앞에 세워두었다. 하지만 그게 잘 될 리가 없었다. 앨리스는 아기 고양이가 팔짱을 제대로 끼지 못해 그렇다고 말했다. 그래서 그 벌로 아기 고양이를 거울 앞에 올려두고는 스스로 얼마나 시무룩한 표정을 짓고 있는지 보게 했다.

앨리스가 으름장을 놓았다.

"똑바로 안 하면 거울 속 집에다 확 던져버릴 거야. 그래도 좋아? 네가 내 이야기를 잘 듣고 말만 많이 하지 않으면 거울 속 집에 대해 생각한 걸 모두 말해줄게. 우선 저기 거울 속 방이 보이지? 우리 거실과 똑같은 방이야. 다만 모든 게 거꾸로 놓여 있을 뿐이지. 의자에 올라서면 방 전체가 보여. 벽난로 뒤편만 빼고. 아, 거기도 볼 수 있으면 좋을 텐데! 겨울에 불을 지피는지 보고 싶어. 우리 벽난로에 불을 피우지 않는 한 도무지 알수가 없거든. 하지만 그것도 그냥 불을 피운 것처럼 보이려고 흉내 내는 걸지도 몰라. 그리고 저 책들도 우리 것과 같은데, 글씨만 반대 방향으로 써 있어. 그걸 내가 어떻게 알았게? 글쎄, 내가 우리 책을 거울 앞에서 들어 올리니까 저 방에서도 똑같은 책을 들어 올리더라고.

야옹아, 너 거울 속 집에서 살고 싶니? 그곳에서도 너한테 우유를 줄까? 그곳 우유는 마실 수 없는 걸지도 몰라. 하지만 야옹아! 복도가 보여. 우리 거실 문이 활짝 열려 있으면 거울 속집 복도도 조금 볼 수 있어. 보이는 데까지는 우리 집 복도랑 비슷해. 물론 그 안은 꽤 다를 수도 있지만. 야옹아, 거울 속 집에 들어가 볼 수만 있다면 얼마나 좋을까? 그 안에는 정말 아름다운 것들이 있을 거야! 거울 속 집으로 들어가는 길이 있다고 상상해보자. 거울이 거즈처럼 부드러워서 우리가 그 속을 통과할 수 있다고 생각해봐. 어머, 거울이 안개처럼 변하고 있잖아. 진짜 그래! 그렇다면 뚫고 들어갈 수도 있지 않을까.”

이 말과 동시에 앨리스는 자신도 모르게 벽난로 선반 위에 올라갔다. 거울은 밝게 빛나는 은색 안개처럼 차츰 사라지고 있었다.

다음 순간 앨리스는 거울을 통과해 거울 속 방으로 폴짝 뛰어들었다. 앨리스는 맨 먼저 벽난로에 불이 지펴져 있는지 살펴보았다. 그리고 거울 속 벽난로가 방금 떠나온 방에 있던 벽난로처럼 활활 불타오르고 있어서 매우 기뻐했다.

'그럼 난 저쪽 방에서처럼 여기서도 따뜻하게 있을 수 있겠어. 불 옆에 가까이 가지 말라고 꾸중하는 사람도 없을 테니 오히려 여기가 더 따뜻하겠는걸. 아, 가족들이 거울 속에 있는 날 보면서도 잡을 수 없는 걸 볼 수 있다면 얼마나 재미있을까!'

앨리스는 주위를 둘러보았다. 예전 방에서도 볼 수 있었던 것들은 평범하고 재미없었지만 나머지 것들은 완전히 달라 보였다. 예를 들어 벽난로 옆에 걸린 그림들은 모두 살아 있는 것 같고, 벽난로 선반에 놓인 시계(거울로는 뒷면만 볼 수 있었던)는 키 작은 노인의 얼굴을 하고 있는데 앨리스를 보면서 씩 미소를 지었다.

앨리스는 벽난로 안 잿더미에서 체스 말 몇 개를 보고는 이렇게 생각했다.

'이 방은 저 방만큼 깨끗이 청소하지 않나 봐.'

다음 순간 앨리스는 "으악!" 하고 깜짝 놀라면서 바닥에 엎드려 체스 말들을 구경했다. 체스 말들이 둘씩 짝을 지어 걷고 있는 게 아닌가!

앨리스는 중얼거렸다. (체스 말들이 놀라지 않도록 속삭이듯 말

했다.)

"여기 붉은 왕과 붉은 여왕이 있네. 저기엔 하얀 왕과 하얀 여왕이 부삽 귀퉁이에 걸터앉아 있고. 그리고 여기엔 성 두 채가 팔짱을 끼고 걸어가고 있어……. 설마 내 말이 들리진 않겠지."

앨리스는 얼굴을 바짝 들이대며 말을 이어갔다.

"나를 보지도 못하는 것 같아. 왠지 내가 투명인간이 된 기분인걸……."

바로 그때 앨리스 뒤에 있던 탁자 위에서 무언가가 끽끽대는 소리가 났다. 앨리스가 고개를 돌리자 마침 하얀 졸(卒) 하나가 나가떨어지면서 발길질을 해대고 있었다. 호기심이 생긴 앨리스는 다음 순간 무슨 일이 일어나는지 지켜보았다.

하얀 여왕이 왕을 지나치면서 소리쳤다.

"우리 아가 목소리야!"

하얀 여왕은 너무 쏜살같이 달려오는 바람에 그만 하얀 왕을 쳐서 잿더미 속에 넘어뜨렸다.

"우리 소중한 릴리! 우리 왕실의 아기 고양이!"

하얀 여왕은 벽난로 망 옆을 허겁지겁 올라가기 시작했다.

하얀 왕이 넘어질 때 다친 코를 살살 문지르며 말했다.

"왕실의 시시한 존재!"

하얀 왕은 머리부터 발끝까지 재를 뒤집어썼기에 하얀 여왕에게 화를 낼 만도 했다.

이 광경을 지켜본 앨리스는 도와주고 싶었다. 게다가 가엾은 어린 릴리가 자지러질 정도로 빽빽 울고 있었다. 그래서 앨리스는 서둘러 하얀 여왕을 집어 들어 탁자 위에서 시끄럽게 우는 딸 옆에 놓아주었다.

하얀 여왕은 숨을 헐떡거리며 주저앉았다. 하늘 높이 솟구쳤다가 내려왔기에 잠시 어린 릴리를 가만히 안아주는 것 말고는 아무 일도 할 수 없었다. 하얀 여왕은 한숨을 돌리자마자 잿더미 속에서 부루퉁한 표정으로 앉아 있는 하얀 왕에게 소리쳤다.

"화산 조심해요!"

하얀 왕이 물었다.

"무슨 화산?"

하얀 왕은 진짜 화산이라도 있을 거라고 생각했는지 벽난로 안을 들여다보았다.

아직도 숨을 헐떡이면서 하얀 여왕이 말했다.

"나를…… 휙…… 하고…… 날려버렸어요. 조심해서 올라오세요! 화산에 날려오지 말고!"

앨리스는 하얀 왕이 천천히 난로 망 창살을 한 칸 한 칸 힘겹게 기어오르는 모습을 지켜보다가 마침내 입을 열었다.

"아니, 그러다간 탁자까지 가는 데 몇 시간이나 걸리겠어요. 제가 좀 도와드리는 게 낫지 않을까요?"

하얀 왕은 그 질문을 알아듣지 못한 듯했다. 아무래도 앨리스의 말을 듣지도, 앨리스를 보지도 못하는 게 확실했다.

그래서 앨리스는 하얀 왕이 숨차하지 않도록 하얀 여왕보다 천천히 조심스럽게 끄집어냈다. 하지만 하얀 왕이 재를 흠뻑 뒤집어쓰고 있어서 탁자 위로 올려놓기 전에 재부터 털어내는 게 낫겠다 싶었다.

나중에 앨리스가 말하길, 보이지 않는 손에 들려 재가 털리던 하얀 왕의 표정은 정말 기가 막혔다고 한다. 하얀 왕은 너무 놀란 나머지 끽 소리도 내지 못한 채 그저 눈과 입만 점점 더 크

고 동그랗게 벌어졌다. 그 모습에 웃음보가 터진 앨리스는 손이 흔들리는 바람에 왕을 떨어뜨릴 뻔했다.

앨리스는 하얀 왕이 자기 말을 듣지 못한다는 걸 깜빡하고선 큰 소리로 말했다.

"아, 제발 그런 표정 좀 짓지 마세요! 너무 웃겨서 제대로 잡고 있질 못하겠어요. 입도 그렇게 벌리지 마세요! 재가 몽땅 들어간다고요! 자, 이젠 깨끗해진 것 같네요."

앨리스는 하얀 왕의 머리를 매만져주고는 탁자 위에 있는 하얀 여왕 옆에 내려놓았다.

하얀 왕은 곧바로 뒤로 나자빠져 꼼짝도 않고 누워 있었다. 앨리스는 자기가 한 일에 깜짝 놀라 하얀 왕에게 끼얹을 물이 있나 방을 둘러보았다. 하지만 방에는 잉크 한 병밖에 없었다. 그거라도 가져왔을 때는 이미 정신을 차린 하얀 왕이 잔뜩 겁에 질린 목소리로 하얀 여왕에게 속삭이고 있었다. 그 소리가 어찌나 조그만지 앨리스는 겨우 알아들었다.

"여보, 내 수염이 털끝까지 얼어버렸소!"

그러자 하얀 여왕이 대답했다.

"당신한테 수염이 어디 있어요?"

하얀 왕이 대꾸했다.

"아까의 그 공포는 절대, 절대로 잊지 못할 거요!"

하얀 여왕이 대답했다.

"적어놓지 않으면 잊어버릴걸요."

앨리스는 하얀 왕이 호주머니에서 엄청나게 큰 수첩을 꺼내 뭔가를 적기 시작하자 호기심에 찬 눈으로 바라보았다. 바로 그 순간 앨리스의 머릿속에 어떤 생각이 퍼뜩 떠올랐다. 앨리스는 하얀 왕의 어깨너머로 불쑥 솟아 있는 연필 꽁지를 붙잡고 대신 글을 써주기 시작했다.

그러자 가엾은 하얀 왕은 어쩔 줄 몰라 하며 불편한 표정으로 잠시 아무 말도 하지 못하고 연필을 잡은 채 아등바등했다. 하지만 하얀 왕이 맞서기엔 앨리스의 힘이 지나치게 셌다.

마침내 하얀 왕은 숨을 헐떡거리며 말했다.

"여보! 더 가느다란 연필로 써야겠어. 이건 내가 못 다루겠어. 내가 생각하지도 않은 것들이 막 써져……."

하얀 여왕이 수첩을 들여다보면서 물었다. (앨리스는 "하얀 기사가 부지깽이를 타고 미끄러져 내려가고 있다. 기사는 균형을 잡지 못한다"라고 썼다.)

"어떤 것들이오? 이건 당신의 기분을 적은 게 아니잖아요!"

앨리스 근처 탁자 위에는 책이 한 권 놓여 있었다. 하얀 왕을 지켜보던 앨리스는 (하얀 왕이 걱정돼서 다시 기절하면 뿌려줄 잉크도 준비했다) 책장을 이리저리 넘기며 읽을 만한 게 있나 찾아보았다.

앨리스는 혼잣말로 중얼거렸다.

"이건 죄다 내가 모르는 말로만 돼 있잖아."

예를 들면 이렇게 쓰여 있었다.

재버워키

불필 때 끈적나긋한 토브들이

해시계밭에서 빙빙뱅뱅거리고 파뚫고 있네.

보로고브들은 하나같이 비냘프고

집 떤 래스들은 휘통쳤네.

앨리스는 한참 동안 어리둥절해하다가 마침내 좋은 생각이 번쩍 떠올랐다.

'아참, 이건 거울 나라 책이잖아! 이걸 거울에 비추면 글자가 똑바로 보일 거야.'

앨리스가 읽은 시는 다음과 같았다.

재버워키

불필 때 끈적나긋한 토브들이

해시계밭에서 빙빙뱅뱅거리고 파뚫고 있네.

보로고브들은 하나같이 비냘프고

집 떤 래스들은 휘통쳤네.

아들아, 재버워크를 조심해라!

물어뜯는 턱, 잡아채는 발톱을!
저브저브 새도 조심하고
푹푹씩씩대는 벤더스내치도 피해라!

아들은 보팔검을 손에 들고
오랫동안 괴서운 적을 찾아다녔네.
텀텀나무 옆에서 쉬면서
잠시 생각에 잠겨 서 있었네.

거쉬한 생각에 잠겨 서 있는데
재버워크가 두 눈에 불을 켠 채
어둡고 **빽빽**한 숲을 헤집고
매얼귀하며 나타났네.

하나, 둘! 하나, 둘! 쓱싹쓱싹
보팔검 날이 찌르고 또 찔렀네!
아들은 재버워크를 죽이고
머리만 들고 **쓱쓱**양양하게
돌아왔네.

"오냐, 네가 재버워크를 죽였구나.

이리 온, 빛나는 내 아들아!

오, 정즐한 날이로다! 컬루! 컬레이!"

아버지는 기뻐서 낄낄홍홍거렸네.

불필 때 끈적나긋한 토브들이

해시계밭에서 빙빙뱅뱅거리고 파뚫고 있네.

보로고브들은 하나같이 비냘프고

집 떤 래스들은 휘통쳤네.

앨리스는 시를 다 읽고 말했다.

"정말 근사한 시야. 하지만 꽤 어렵긴 하네! (앨리스는 이 시를 전혀 이해하지 못했다는 사실을 자신한테조차 고백하기 싫었다.) 어쨌든 머릿속이 많은 생각으로 꽉 들어찬 것 같은데, 정확히 뭔지는 모르겠어! 누가 누굴 죽였다는 것 같은데. 아무튼 그건 확실해……."

그 순간 앨리스는 펄쩍 뛰어올랐다.

'아참! 서두르지 않으면 이 집이 어떻게 생겼는지 다 보지도 못하고 다시 거울 밖으로 돌아가야 할지도 몰라! 우선 정원부터 봐야겠다!'

앨리스는 순식간에 그 방을 빠져나와 계단을 달려 내려갔다. 아니, 달려 내려갔다기보다는 늘 혼잣말로 중얼거리던, 계단을

쉽고 빠르게 내려가는 새로운 방법을 사용했다는 말이 맞다. 앨리스는 손가락 끝을 손잡이에 대고 발은 계단에 닿지도 않은 채 붕 떠서 내려갔다. 그런 다음 복도를 둥둥 떠다녔는데, 문기둥에 걸리지만 않았다면 그 상태로 문까지 곧장 닿았을 것이다. 앨리스는 공중에 너무 오래 떠 있다 보니 머리가 어질어질해졌다. 그래서 다시 땅 위에 서게 된 것이 마냥 기쁘게만 느껴졌다.

2장
살아 있는 꽃들의 정원

"저 언덕 꼭대기에 올라서면 정원이 훨씬 잘 보일 거야. 이 길로 가면 곧장 닿겠어. 어, 이어진 길이 아니네⋯⋯."

앨리스는 혼자서 중얼거렸다. (앨리스는 그 길을 따라 몇 미터 더 가서 급하게 꺾인 모퉁이를 몇 번 돌았다.)

"하지만 결국엔 정원으로 이어질 거야. 그런데 길이 정말 희한하게 구부러져 있네! 길이 아니라 무슨 코르크 마개 따개같이 생겼잖아. 음, 여길 돌면 언덕이 나올 거야. 어, 아니네! 이건 다시 집으로 돌아가는 길이잖아! 그럼 다른 길로 가봐야겠어."

앨리스는 오르락내리락하면서 모퉁이를 돌고 돌았지만 매번 집으로 돌아오고 말았다. 한번은 보통 때보다 좀 더 빨리 모퉁이를 돌았더니 멈출 새도 없이 집에 부딪히고 말았다.

앨리스는 말다툼이라도 하려는 듯 집을 올려다보며 말했다.

"그래 봤자 소용없어. 아직은 돌아가지 않을 거야. 다시 거울을 통과해 예전 방으로 돌아가야 한다는 건 나도 알아. 하지만 그렇게 되면 내 모험도 여기서 끝이라고!"

그러고서 앨리스는 휙 하고 몸을 돌려 다시 언덕길을 내려가기 시작했다. 이번엔 꼭 언덕에 닿을 때까지 가겠다고 결심했다. 몇 분 동안은 모든 게 잘 진행되었다.

"이번엔 꼭 성공해야지!"

바로 그때였다. 갑자기 길이 굽어지더니 마구 흔들렸다. (나중에 앨리스의 설명에 따르면 그랬다.) 그리고 다음 순간, 앨리스는 집 안으로 들어서고 있었다.

"아, 정말 너무해! 이렇게 길을 막는 집은 본 적이 없어! 단 한 번도!"

그러나 눈앞에 멋들어지게 펼쳐진 언덕을 보자 다시 시도해볼 수밖에 없었다. 이번에 앨리스는 커다란 꽃밭에 이르렀다. 꽃밭 가장자리에는 데이지가, 가운데는 버드나무가 한 그루 자라고 있었다.

앨리스는 바람결에 살랑살랑 몸을 흔들고 있는 꽃에게 말을 걸었다.

"참나리야! 네가 말을 하면 참 좋을 텐데!"

그러자 참나리가 대답했다.

"우린 말할 수 있어. 이야기를 나눌 만한 가치가 있는 상대라면."

앨리스는 너무 놀란 나머지 순간 입도 뻥긋 못 하고 숨이 넘어갈 뻔했다. 한참 있다가 참나리가 여전히 몸을 흔들어대자 앨리스는 조심스럽게 속삭였다.

"그럼 모든 꽃이 다 말할 수 있어?"

참나리가 대답했다.

"너만큼은 하지. 훨씬 크게 말할 수도 있어."

장미가 말했다.

"우리가 먼저 말을 꺼내는 건 예의가 아니거든. 그래서 네가 언제쯤 말을 걸어올지 궁금해하던 참이었어! 이렇게 생각하고 있었지. '똑똑해 보이는 얼굴은 아니지만 눈치는 좀 있는 것 같군.' 하지만 넌 색깔이 예뻐서 오래갈 거야."

참나리가 입을 열었다.

"난 색깔은 신경 안 써. 다만 저 애의 꽃잎이 조금 더 말려 올라가면 예쁠 텐데."

앨리스는 자신을 두고 이러쿵저러쿵하는 소릴 듣고 싶지 않아 질문을 하기 시작했다.

"돌봐주는 사람도 없는데, 여기 이렇게 심어져 있으면 무섭진 않아?"

장미가 대답했다.

"저기 가운데 버드나무가 있잖아. 저 나무가 달리 뭣에 쓰이겠어?"

앨리스가 물었다.

"하지만 위험이 닥치면 나무가 뭘 할 수 있는데?"

장미가 다시 대답했다.

"짖을 수 있지."

그러자 데이지가 소리쳤다.

"저 나무는 바우와우 하고 짖어! 그래서 저 나무의 가지를 바우라고 불러!" (영어에선 개 짖는 소리를 '바우와우bow-wow'라고 표현하는데, 'bow'와 나뭇가지의 'bough'가 발음이 같은 데서 착안한 말장난이다―옮긴이)

또 다른 데이지가 소리쳤다.

"넌 그런 것도 몰랐니?"

그러고는 모든 꽃이 덩달아 한목소리로 떠들어대는 바람에 사방이 온통 작고 날카로운 소리로 가득 찼다.

참나리가 몸을 격렬하게 흔들며 흥분한 목소리로 말했다.

"모두 조용히 해!"

참나리는 떨리는 머리를 앨리스 쪽으로 숙이며 숨을 헐떡거렸다.

"쟤들은 내가 다가갈 수 없다는 걸 알아! 그렇지 않다면 감히 저러지 못할 거야!"

앨리스는 참나리를 진정시키려 달래듯이 말했다.

"신경 쓰지 마!"

그러고는 이제 막 또 입을 열려는 데이지들에게 허리를 굽히며 속삭였다.

"입 다물지 않으면 확 뽑아버릴 거야!"

그 순간 주변이 찬물을 끼얹은 듯 조용해졌다. 분홍색 데이지 몇 송이는 얼굴이 백지장처럼 하얘지기도 했다.

참나리가 말했다.

"잘했어! 데이지들이 가장 심하거든. 걔들은 누가 한마디 하면 다 같이 좋알댄다니까. 그 말을 다 들어주다가는 시들어버리고 말 거야!"

앨리스는 칭찬으로 참나리의 기분을 돋우려고 이렇게 말했다.

"넌 어쩜 그리 말을 잘하니? 난 이제껏 다른 정원에도 많이 가봤지만 말하는 꽃은 한 번도 못 봤어."

참나리가 말했다.

"땅에 손을 대보면 그 이유를 알 거야."

이 말에 앨리스는 땅을 만져보고 이렇게 대답했다.

"아주 딱딱한데. 근데 이게 그거랑 무슨 상관이야?"

참나리가 설명했다.

"대부분의 정원에선 꽃밭이 너무 폭신해서 꽃들이 항상 잠에 빠져 있어." (영어에서 꽃밭을 'flower bed'라고 하는데, 직역하면 '꽃들이 잠드는 침대'란 뜻이다—옮긴이)

정말 그럴듯한 이유라고 생각한 앨리스는 그 사실을 알게 돼서 무척 좋았다.

"그런 생각은 못 해봤어!"

그러자 장미가 조금 따끔하게 쏘아붙였다.

"넌 생각이라는 걸 아예 안 하는 것 같아."

제비꽃도 불쑥 말을 내뱉었다.

"너처럼 멍청해 보이는 애는 처음 봤어."

제비꽃의 갑작스러운 말에 앨리스는 놀라서 펄쩍 뛰었다. 제비꽃은 이제까지 한 마디도 하지 않았기 때문이다.

참나리가 소리쳤다.

"입 다물어! 넌 누굴 본 적이라도 있니? 늘 잎사귀 밑에서 머리를 묻고 코나 골고 있는 주제에. 세상이 어떻게 돌아가는지 꽃봉오리 시절보다도 잘 모르잖아!"

앨리스는 장미가 좀 전에 한 말은 귀담아듣지 않기로 하고 다시 물었다.

"정원에 나 말고 다른 사람이 또 있니?"

장미가 대답했다.

"너처럼 움직이는 꽃이 하나 더 있어. 그런데 네가 어떻게 움직일 수 있는지 궁금해……. (이 말에 참나리가 "궁금한 것도 많아" 하고 쏘아붙였다.) 하지만 그 애는 너보다 털이 많아."

앨리스는 '정원 어딘가에 나 같은 여자애가 또 있나 보다!'라고 생각하며 진지하게 물었다.

"나랑 생김새가 비슷해?"

장미가 대답했다.

"음, 너처럼 좀 이상하게 생기긴 했어. 하지만 색깔은 더 빨갛고 꽃잎은 더 짧은 것 같아."

이때 참나리가 끼어들었다.

"그 애는 꽃잎이 너처럼 헝클어지지 않고 달리아처럼 오므라져 있어."

장미가 친절하게 덧붙였다.

"하지만 그건 네 잘못이 아니잖아. 너는 시들어가고 있어. 그런 상태에선 꽃잎을 가지런하게 하지 못하지."

앨리스는 장미의 말이 영 못마땅했다. 그래서 화제를 바꾸려고 얼른 또 물었다.

"그 애가 여기 온 적 있니?"

장미가 대답했다.

"곧 그 애를 보게 될 거야. 걔한텐 가시가 아홉 개 있어."

호기심이 생긴 앨리스가 물었다.

"가시가 어디에 달려 있는데?"

장미가 대답했다.

"물론 머리 주변이지. 안 그래도 너한테는 가시가 없어서 궁금했어. 그게 원래 규칙인 줄 알았는데."

참제비고깔이 소리쳤다.

"그 애가 저기 온다! 발소리가 들려! 자갈길을 쿵쿵 밟고 있어!"

앨리스가 주변을 두리번거리며 살펴보니 다름 아닌 붉은 어왕이었다.

"어머, 많이 커졌네!"

붉은 여왕을 보자마자 앨리스의 입에서 튀어나온 말이었다. 정말 그랬다. 앨리스가 처음 잿더미 속에서 보았을 때 붉은 여왕의 키는 고작 8센티미터 정도였다. 하지만 지금은 앨리스보다 머리의 절반이나 더 컸다!

장미가 말했다.

"그건 신선한 공기 덕분이야. 이곳 공기는 진짜 끝내주게 좋거든."

앨리스가 말했다.

"가서 여왕을 만나봐야겠어."

꽃들도 흥미롭기는 하지만 앨리스는 진짜 여왕과 이야기하는 편이 훨씬 더 재미있을 것 같았다.

장미가 말했다.

"뜻대로 잘 안 될걸. 반대편으로 가는 게 좋을 거야."

앨리스는 그 말이 얼토당토않다고 생각했기에 아무 대꾸 없이 곧장 붉은 여왕에게로 갔다. 그런데 놀랍게도 붉은 여왕은 순식간에 자취를 감추었고 앨리스는 다시 현관문으로 들어서고 있었다.

약간 짜증이 난 앨리스는 뒤로 물러나서 여왕을 찾아 사방을 둘러본 끝에(결국 저 멀리 떨어진 곳에서 찾아냈다) 반대편으로 가

보기로 했다.

이번에는 멋지게 성공했다. 일 분도 채 안 돼 앨리스는 붉은 여왕과 마주하고 있었고, 그토록 찾아 헤매던 언덕도 눈앞에 펼쳐져 있었다.

붉은 여왕이 물었다.

"넌 어디에서 왔느냐? 그리고 어디로 가는 길이냐? 고개를 들고 공손히 말하라! 손가락이나 만지작거리지 말고."

앨리스는 여왕의 지시 사항을 따르면서 자신이 가야 할 길을 잃어버렸다고 자세히 설명했다.

붉은 여왕이 말했다.

"네가 가야 할 길을 잃다니 그게 무슨 소리냐. 여기 있는 길은 다 내 것이다. 그런데 대체 여기엔 왜 온 거냐?" (영어에서는 '길을 잃다'라고 표현할 때 '길' 앞에 주체를 넣는다. 예를 들어 my way, your way, his way 등 길을 잃은 주체가 누구인지 밝힌다―옮긴이)

붉은 여왕은 좀 더 상냥한 말투로 덧붙였다.

"대답할 말을 생각하는 동안 먼저 절을 해라. 그러면 시간이 절약될 거다."

앨리스는 이 말이 조금 이상하게 들렸다. 하지만 붉은 여왕에게 커다란 경외심을 가진 터라 그 말을 믿지 않을 수 없었다.

그러고는 속으로 생각했다.

'집에 돌아가면 써먹어 봐야지. 저녁 식사에 늦을 때 말이야.'

붉은 여왕이 시계를 보며 말했다.

"이제 네가 대답할 시간이다. 말할 때는 입을 조금 더 크게 벌리고 항상 '폐하'라고 해야 한다."

"전 그냥 정원 구경을 하고 싶었어요, 폐하……."

그러자 붉은 여왕이 앨리스의 머리를 쓰다듬으며 말했다.

"옳지."

앨리스는 그게 영 못마땅했다.

붉은 여왕이 말을 이었다.

"너는 '정원'이라고 말하는데, 내가 이제껏 본 정원에 비하면 여긴 황무지나 다름없단다."

앨리스는 감히 따질 수가 없어 하던 말을 계속했다.

"그리고 저 언덕 꼭대기로 가는 길을 찾을 수 있다고 생각했어요……."

붉은 여왕이 말을 잘랐다.

"넌 '언덕'이라고 말하는데, 내가 진짜 언덕을 보여주마. 거기에 비하면 저건 골짜기라고 불러야 할 거야."

"아뇨, 그렇지 않을 거예요."

앨리스는 붉은 여왕의 말에 반박하는 자신에게 화들짝 놀라면서도 말을 계속했다.

"언덕이 어떻게 골짜기가 돼요? 그건 말도 안 돼요……."

붉은 여왕이 고개를 저으며 말했다.

"원한다면 그걸 '말도 안 된다'고 해도 좋아. 하지만 내가 들어본 말도 안 되는 소리에 비하면 이건 사전만큼이나 말이 되는 소리야!"

목소리를 들어보니 붉은 여왕의 기분이 조금 상한 것 같아 앨리스는 덜컥 겁이 났다. 그래서 다시 한 번 무릎을 굽혀 절을 했다. 이윽고 두 사람은 입을 굳게 다문 채 작은 언덕 꼭대기까지 걸어갔다.

앨리스는 잠깐 말없이 서서 사방을 둘러보았다. 정말 이상한 나라였다. 작은 개울 여러 개가 나란히 이어져 있고, 개울 사이에 있는 땅들은 이쪽 개울에서 저쪽 개울로 이어진 작은 녹색

울타리들을 따라 바둑판 모양으로 나뉘어 있었다.

그 모습을 본 앨리스가 입을 열었다.

"꼭 커다란 체스판처럼 생겼어! 어딘가 사람들이 움직이고 있을 텐데. 앗, 저기 있다!"

앨리스는 흥분으로 가슴이 콩닥콩닥 뛰기 시작했다. 그러고는 기쁨에 찬 목소리로 말을 이었다.

"이건 전 세계적으로 진행하고 있는 거대한 체스 게임일 거예요. 이곳이 진짜 세상이라면 말이죠. 아, 정말 재미있겠다! 나도 참여하면 좋을 텐데! 졸이라도 상관없는데. 물론 여왕이 되는 게 가장 좋지만."

앨리스는 이렇게 말하면서 수줍은 듯이 붉은 여왕을 바라보았다. 그러자 붉은 여왕이 흡족한 미소를 띠면서 말했다.

"그건 쉽게 할 수 있어. 너만 좋으면 하얀 여왕의 졸이 될 수 있단다. 릴리는 게임을 하기엔 너무 어리거든. 넌 처음에 둘째 칸에서 시작해야 해. 그리고 여덟째 칸에 도착하면 여왕이 될 거야……."

바로 그 순간 무슨 일인지 갑자기 둘은 달리기 시작했다.

앨리스는 나중에 곰곰이 생각해보았지만, 자기와 붉은 여왕이 어떻게 달리기를 시작했는지 도무지 알 수가 없었다. 기억나는 거라곤 붉은 여왕의 손을 잡고 달렸다는 것과 쏜살같이 빠른 붉은 여왕의 발걸음을 따라잡으려고 젖 먹던 힘까지 다했다

는 것뿐이다. 그런데도 붉은 여왕은 "더 빨리! 더 빨리!"라고 계속 소리쳤다. 앨리스는 더 빨리 뛸 수는 없다고 생각했지만 숨이 차올라 입 밖으로 표현할 수도 없었다.

가장 이상했던 점은 나무와 주변 풍경이 제자리에서 조금도 달라지지 않았다는 것이다. 그들이 아무리 빠르게 내달려도 스쳐 지나가는 건 아무것도 없었다.

가엾은 앨리스는 어리둥절해졌다.

'모든 것이 우리와 함께 움직이고 있나?'

붉은 여왕이 앨리스의 마음이라도 읽은 듯 소리쳤다.

"더 빨리 달려! 말하려 애쓰지 말고!"

앨리스는 말할 생각도 없었다. 더는 입을 열 수 없을 만큼 숨이 차올랐다. 여전히 붉은 여왕은 "더 빨리! 더 빨리!"라고 외쳐대면서 앨리스를 질질 끌고 달렸다.

마침내 앨리스가 숨을 쌕쌕거리며 입을 열었다.

"거의 다 왔어요?"

붉은 여왕이 앨리스가 했던 말을 되풀이했다.

"거의 다 왔느냐고? 십 분 전에 이미 지나가 버렸는걸! 더 빨리 달려!"

두 사람은 한동안 아무 말 없이 내달리기만 했다. 앨리스는 바람 때문에 귀가 먹먹해지고 머리카락이 몽땅 뽑혀 나갈 것만 같았다.

붉은 여왕이 소리쳤다.

"어서! 어서! 더 빨리! 더 빨리!"

두 사람의 발걸음은 너무 빨라서 발을 땅에 딛지도 않고 바람을 가르는 듯이 보였다. 그러다 앨리스가 온몸에서 힘이 다 빠지려는 즈음에 갑자기 멈춰 섰다. 앨리스는 숨이 차고 머리가 어질어질해져서 땅바닥에 털썩 주저앉고 말았다.

붉은 여왕은 앨리스를 일으켜 세워 나무에 기대게 하고선 다정하게 말했다.

"이제 좀 쉬어라."

앨리스는 주위를 둘러보고 깜짝 놀랐다.

"아니, 우리가 내내 이 나무 아래에 있었던 거예요? 모든 게

50

아까 그대로잖아요!"

붉은 여왕이 말했다.

"물론이지. 그럼 어디를 기대했는데?"

앨리스는 여전히 숨을 가쁘게 내쉬며 말했다.

"글쎄요. 우리나라에서는 이렇게 오랫동안 빨리 달리면 보통 다른 곳에 가 있거든요."

붉은 여왕이 대답했다.

"굼벵이 같은 나라구나. 여기선 보다시피 같은 곳에 머물러 있으려면 쉬지 않고 달려야 해. 어딘가 다른 곳에 가고 싶으면 적어도 이것보다 두 배는 더 빨리 달려야 하고!"

앨리스가 대답했다.

"안 할래요! 전 여기 그냥 있는 것도 괜찮아요. 너무 덥고 목이 마르긴 하지만요!"

붉은 여왕은 온화하게 말했다.

"네가 뭘 좋아할지 알지!"

그러더니 주머니에서 작은 상자를 꺼냈다.

"비스킷 하나 줄까?"

앨리스는 먹고 싶은 마음이 조금도 없었지만 "아니요"라고 말하는 건 예의에 어긋난다고 생각했다. 그래서 비스킷을 받아 들고는 군소리 없이 먹기 시작했다. 비스킷은 어찌나 퍽퍽한지 그렇게 목이 막혀본 적은 태어나서 처음이었다.

붉은 여왕이 말했다.

"네가 먹는 동안 난 측량이나 해야겠다."

붉은 여왕은 호주머니에서 리본을 꺼내 눈금을 표시하고는 땅을 재면서 여기저기에 작은 말뚝을 박기 시작했다.

붉은 여왕은 말뚝을 박으면서 말을 계속했다.

"2미터 지점에 가서 네가 갈 방향을 알려주마. 비스킷 하나 더 먹을래?"

"아뇨, 괜찮아요. 하나면 충분해요!"

"갈증은 좀 가셨지?"

앨리스는 뭐라고 말해야 할지 몰랐지만 다행히도 붉은 여왕은 대답도 기다리지 않고 바로 말을 이었다.

"3미터 지점에 가서 내가 다시 말해주지. 네가 잊어버릴까 봐 그래. 4미터 지점에서 작별 인사를 하마. 그리고 5미터 지점에 이르면 난 갈 거야!"

이윽고 붉은 여왕이 말뚝을 모두 박았다. 앨리스는 붉은 여왕이 나무로 돌아왔다가 다시 말뚝을 따라 천천히 걸어가는 모습을 호기심 어린 눈길로 지켜보았다.

붉은 여왕이 2미터 지점에서 앨리스를 돌아보며 말했다.

"졸은 처음 움직일 때 두 칸을 가잖니. 그러니 너는 셋째 칸을 눈 깜짝할 사이에 지나갈 거야. 내 생각엔 기차로 말이다. 그럼 넌 금방 넷째 칸에 있게 될 거고 그 칸은 트위들덤과 트위들디 거야. 다섯째 칸은 거의 물이고, 여섯째 칸은 험프티 덤프티 거지. 그런데 넌 왜 말이 없니?"

앨리스가 말을 더듬거리며 대답했다.

"저……, 저는 말을 해야 하는지 몰랐어요."

붉은 여왕이 엄하게 나무라는 말투로 말했다.

"'이런 걸 모두 말씀해주시니 정말 친절하시네요'라고 해야지. 어쨌든 그렇게 말했다고 치자. 일곱째 칸은 온통 숲이야. 하지만 기사 하나가 네게 길을 알려줄 거야. 여덟째 칸에서 우리는 함께 여왕이 되지. 그럼 잔치도 벌이고 재미있게 노는 거야!"

앨리스는 벌떡 일어나서 무릎을 굽히고 절을 한 뒤에 다시 앉았다.

붉은 여왕은 다음 말뚝에 이르러서는 뒤를 돌아보면서 이렇게 말했다.

"무슨 말이 영어로 생각나지 않으면 프랑스어로 말하렴. 걸을 땐 발끝을 쭉 펴고 너 자신이 누군지 잊어서는 안 된다!"

붉은 여왕은 이번엔 앨리스가 절할 틈도 주지 않고 재빨리 다음 말뚝으로 걸어갔다. 그러더니 잠시 멈춰 서서 "잘 있어!" 하고 인사한 다음 서둘러 마지막 말뚝으로 가버렸다.

그런데 어찌 된 영문인지 붉은 여왕이 마지막 말뚝으로 다가간 순간 온데간데없이 그 모습이 사라지고 말았다. 붉은 여왕

이 공중으로 사라졌는지 아니면 숲 속으로 바람같이 내달렸는
지는(앨리스는 '여왕은 잘 달리잖아!' 하고 생각했다) 알 길이 없었
다. 어쨌든 붉은 여왕은 자취를 감추었다. 그리고 앨리스는 자
기가 졸이라는 것과 이제 움직여야 한다는 것을 기억해냈다.

3장
거울 나라 곤충들

물론 맨 처음 할 일은 앞으로 여행할 나라를 두루두루 살펴보는 것이었다. 앨리스는 좀 더 멀리 보고 싶어서 까치발을 딛고 섰다.

'이건 꼭 지리 공부를 하는 것 같잖아. 주요 하천은 하나도 없네. 주요 산맥은…… 음, 내가 서 있는 곳뿐이네. 이름이 있는 것 같지는 않고. 주요 도시는, 아니 저 아래서 꿀을 모으고 있는 것들은 뭐지? 벌은 아닐 텐데. 1킬로미터나 떨어진 곳에서 벌이 보일 리가 없잖아.'

앨리스는 잠깐 가만히 서서 그것들이 꽃들 사이로 윙윙거리고 날아다니면서 꽃 속에 주둥이를 처박는 모습을 지켜보았다.

'하는 짓이 꼭 보통 벌 같잖아.'

하지만 그건 평범한 벌이 아니었다. 사실 코끼리였다. 앨리스는 처음에 그 사실을 알고선 숨이 딱 멎는 듯했다. 그다음에 퍼뜩 떠오른 생각은 이랬다.

'그렇다면 대체 꽃들은 얼마나 큰 거야? 마치 오두막 지붕을 떼어낸 다음 줄기로 받치고 있는 거랑 비슷하겠네. 꿀은 또 얼마나 많이 만들어낼까! 내려가 봐야겠어. 아니, 아직은 갈 수 없어.'

앨리스는 언덕을 내려가다 말고 갑자기 걸음을 멈추었다. 그러고는 자신이 주저주저하는 변명거리를 찾으려고 했다.

"코끼리를 쫓아낼 만한 길고 튼튼한 나뭇가지도 없이 무작정 내려갈 수는 없어. 나중에 사람들이 내게 산책이 어땠느냐고 물어보면 정말 재미있을 텐데. 그럼 이렇게 대답해야지. '아, 꽤 좋았어요. (이 부분에서 앨리스는 고개를 살짝 뒤로 젖혔다. 이건 앨리스가 평소 가장 좋아하는 습관이었다.) 몹시 더운 데다 먼지가 풀풀 날리고 코끼리들이 좀 못살게 굴긴 했지만요!'"

앨리스는 잠시 뒤 혼잣말로 중얼거렸다.

"다른 길로 내려가 봐야겠어. 코끼리들은 나중에 봐도 될 거야. 게다가 얼른 셋째 칸으로 가고 싶어!"

앨리스는 이런 핑계를 대고 언덕을 달려 내려갔다. 그러고는 작은 개울 여섯 개 가운데 첫 번째 개울을 폴짝 뛰어넘었다.

　　　　*　　　　*　　　　*　　　　*

　　　　　*　　　　*　　　　*

　　　　*　　　　*　　　　*　　　　*

"표 주세요!"

역무원이 창문으로 얼굴을 들이밀면서 말했다.

그러자 사람들이 모두 표를 내밀기 시작했다. 표가 사람만큼 커서 객차 안이 표로 꽉 들어찬 것처럼 보였다.

역무원은 성난 표정으로 앨리스를 노려보며 말했다.

"자, 빨리 표를 보여줘! 꼬마야!"

그러자 수많은 목소리가 동시에 말했다. (앨리스는 마치 '합창하는 것 같네' 하고 생각했다.)

"역무원을 기다리게 하지 마, 꼬마야! 저분에겐 일 분이 1천 파운드나 될 만큼 시간이 귀하거든!"

앨리스는 겁에 질린 목소리로 대답했다.

"표가 없는데요. 제가 온 곳에선 매표소가 없었어요."

그러자 또다시 합창이 이어졌다.

"저 애가 온 곳은 매표소 자리가 없었대. 거기 땅은 1센티미터에 1천 파운드야!"

역무원이 말했다.

"변명은 집어치워. 기관사에게 표를 샀어야지."

그러자 다시 한 번 합창이 들려왔다.

"기차를 운전하는 아저씨 말이지. 연기 한 번 내뿜는 데도 1천 파운드야!"

앨리스는 속으로 생각했다.

'말해봤자 소용없겠어.'

앨리스가 아무 말도 하지 않자 합창도 끼어들지 않았다. 그러나 놀랍게도 일제히 합창하듯 생각에 빠졌다. ('합창하듯 생각에 빠졌다'는 표현이 무슨 뜻인지 여러분은 알길 바란다. 솔직히 고백하자면 난 잘 모르겠다.)

'아무 말도 하지 않는 게 나아. 말 한 마디에 1천 파운드라니까!'

앨리스는 또 생각했다.

'오늘 밤에는 1천 파운드에 대한 꿈을 꿀 거야. 분명히 그럴 거야!'

그동안 역무원은 앨리스를 바라보고 있었다. 처음에는 망원경으로, 그다음에는 현미경으로, 그런 다음에는 오페라 안경으로.

마침내 역무원이 입을 열었다.

"넌 지금 잘못된 길로 여행하고 있어."

역무원은 이 말을 던지고선 창문을 닫고 가버렸다.

앨리스의 맞은편에 앉은 신사가 말했다. (신사는 하얀 종이옷을 입고 있었다.)

"어린아이라면 자기 이름은 몰라도 자기가 가는 길은 알고

있어야지!"

하얀 옷을 입은 신사 옆에 앉아 있던 염소는 지그시 눈을 감더니 큰 소리로 말했다.

"매표소로 가는 길은 알고 있어야지. 자기 이름 철자는 몰라도!"

염소 옆에는 딱정벌레(객차 안은 이상한 승객으로 가득 차 있었다)가 앉아 있었다. 여기선 모두 차례대로 말을 해야 하는 게 규칙인지 이번엔 딱정벌레가 입을 열었다.

"그런 애는 화물로 돌려보내야지!"

앨리스의 눈에는 보이지 않았지만 딱정벌레 옆에 앉아 있던 누군가가 쉰 목소리를 냈다.

"기차를 갈아타……."

목소리의 주인공은 이 말까지만 하고는 목이 막혀 입을 딱 다물었다.

앨리스는 속으로 생각했다.

'꼭 말처럼 소리를 내고 있네.'

그때 앨리스의 귓가에 아주 작은 목소리가 들려왔다.

"'말'이랑 '쉰 목소리'로 우스갯소리를 할 수도 있어." (영어에서 '말horse'과 '쉰 목소리hoarse'의 발음은 같다―옮긴이)

그런 다음 저쪽에서 아주 점잖은 목소리가 들렸다.

"'여자애, 취급 주의'라고 써 붙여야지."

그러자 또 다른 목소리들이 계속해서 들려왔다. (앨리스는 '대체 객차 한 칸에 얼마나 많이 탄 거지?' 하고 생각했다.)

"머리가 붙어 있으니 우편으로 보내야지." (영국은 1840년부터 여왕의 두상을 그린 우표를 발행해왔기에 '머리'는 '우표'를 뜻하는 말로도 쓰였다—옮긴이)

"전보로 보내야 해."

"여기서부턴 저 애더러 기차를 끌고 가라고 해."

계속해서 말들이 이어졌다.

바로 그때였다. 하얀 종이옷을 입은 신사가 앞으로 몸을 쑥 내밀더니 앨리스의 귀에 대고 속삭였다.

"애야, 저들 말에 신경 쓰지 마. 하지만 기차가 멈출 때마다 돌아가는 표를 사두는 게 좋을 거야."

앨리스는 조금 짜증을 내면서 말했다.

"그러지 않을래요. 전 이 기차를 타고 여행할 마음이 없었어요. 조금 전만 해도 숲 속에 있었거든요. 그곳으로 다시 돌아가고 싶어요!"

앨리스의 귓가에서 작은 목소리가 말했다.

"'할 수만 있다면 그렇게 하고 싶다'로 우스갯소리를 할 수도 있어."

앨리스가 말했다.

"그렇게 놀리지 마!"

앨리스는 작은 목소리가 어디서 들려오는 건지 알아내려고 이리저리 둘러보았지만 알 수가 없었다.

"그렇게 우스갯소리를 하고 싶으면 자신이 직접 해보지 그래?"

그러자 작은 목소리가 한숨을 푹 내쉬었다. 그 소리가 어쩌나 애처롭게 들리는지 앨리스는 위로의 말이라도 건네고 싶었다.

앨리스는 생각했다.

'다른 사람들처럼 가볍게 한숨을 쉬었더라면 좋았을 텐데!'

하지만 그 한숨 소리는 너무나 작아서 바로 귓전에 대고 하지 않았다면 절대 듣지 못했을 것이다. 그 때문에 앨리스는 귀가 근질근질해져서 그 작고 불쌍한 존재의 슬픔을 깜빡 잊고 말았다.

작은 목소리가 이어서 말을 건넸다.

"나는 네가 친구란 걸 알아. 아주 오래된 소중한 친구지. 내가 곤충이라도 넌 날 해치지 않을 거야."

앨리스는 조금 걱정스러운 목소리로 물었다.

"어떤 곤충인데?"

앨리스가 정말 궁금했던 건 이 곤충이 자신을 쏠 건지였는데, 이런 질문은 예의가 아니라고 생각했다.

"뭐라고? 그럼 넌……."

그 순간 작은 목소리는 기차 엔진에서 나오는 날카로운 소음에 묻혀버렸다. 모두가 깜짝 놀라 그 자리에서 벌떡 일어섰다.

창문 밖으로 머리를 내밀고 있던 말은 황급히 머리를 빼내더니 말했다.

"그냥 개울 하나 뛰어넘은 거야."

모두가 이 말에 안심하는 듯했지만 앨리스는 기차가 뭔가를 뛰어넘는다는 생각에 안절부절못하기 시작했다. 그러더니 혼잣말로 중얼거렸다.

"하지만 넷째 칸으로 갈 순 있겠지. 그렇다면 마음을 놓아도 될 거야!"

다음 순간 앨리스는 기차가 붕 하고 공중으로 날아오르는 걸 느끼고 깜짝 놀라 가장 가까이에 있는 걸 움켜잡았다. 그건 바로 염소의 수염이었다!

*   *   *   *

*   *   *

*   *   *   *

앨리스의 손이 닿는 순간 염소의 수염은 사라져버린 것 같았다. 앨리스는 나무 아래에 조용히 앉아 있었다. 그리고 각다귀(앨리스와 말하고 있었던 바로 그 곤충이다)는 앨리스 머리 위에 있는 나뭇가지에서 균형을 잡으며 앨리스에게 날갯짓으로 부채질을 해주었다.

정말로 큰 각다귀였다.

앨리스는 속으로 생각했다.

'꼭 닭만 하잖아.'

하지만 각다귀와 꽤 오랫동안 대화를 나눈 뒤라 겁이 나지는 않았다.

각다귀는 아무 일도 없었다는 듯이 조용히 물었다.

"그럼 넌 곤충은 다 싫어하니?"

앨리스가 대답했다.

"말할 줄 아는 곤충이면 좋아하지. 내가 있던 곳에선 말하는 곤충이 없었거든."

각다귀가 물었다.

"네가 있던 곳에선 어떤 곤충을 갖고 있었니?"

앨리스가 대답했다.

"난 곤충을 갖고 있지 않아. 조금 큰 곤충을 무서워하거든. 하지만 곤충 이름은 몇 개 알아."

각다귀가 아무렇지도 않게 물었다.

"물론 그 곤충들도 자기 이름에는 대답하지?"

"절대 아니야."

각다귀가 말했다.

"그럼 이름이 무슨 필요가 있어? 불러도 대답을 못 하는데."

앨리스가 말했다.

"걔네들한테는 필요가 없지. 하지만 이름을 부르는 사람한테는 쓸모가 있을 거야. 그렇지 않다면 이름이 왜 있겠어?"

각다귀가 대답했다.

"난 모르겠다. 저기 저 숲에 사는 곤충들에겐 이름이 없어. 어쨌든 네가 아는 곤충 이름 좀 대봐. 시간 낭비하지 말고."

앨리스는 손가락을 꼽으면서 이름을 대기 시작했다.

"음, 말파리라는 곤충이 있어."

각다귀가 말했다.

"좋아. 저기 덤불 중간쯤 가면 흔들말파리가 보일 거야. 잘 보면 말이지. 그 곤충은 전부 나무로 되어 있는데, 몸을 흔들면 서 이 가지 저 가지로 돌아다녀."

호기심이 발동한 앨리스가 물었다.

"말파리는 뭘 먹고 사는데?"

각다귀가 대답했다.

"수액과 톱밥을 먹고 살아. 다른 곤충 이름이나 대봐."

앨리스는 흥미로운 눈길로 흔들말파리를 바라보았다. 색이 아주 밝고 윤기가 도는 걸로 봐서 이제 막 물감을 칠한 듯했다. 앨리스는 또 다른 곤충 이름을 댔다.

"잠자리도 있어."

각다귀가 말했다.

"네 머리 위에 있는 나뭇가지를 봐. 스냅드래건잠자리가 보일 거야. 몸통은 자두 푸딩, 날개는 호랑가시나무 잎사귀, 머리는 브랜디 안에서 불타는 건포도로 돼 있어." (영국 빅토리아 시대에 아이들은 크리스마스 시즌이 되면 브랜디 안에 건포도를 넣고 불을 붙여서 꺼내 먹는 놀이를 했는데, 이 놀이가 '스냅드래건'이다 —옮긴이)

앨리스는 아까처럼 물었다.

"쟨 뭘 먹고 사는데?"

각다귀가 대답했다.

"우유 밀죽과 고기 파이를 먹고 살아. 크리스마스 선물상자 안에다 둥지를 틀어."

앨리스는 머리에 불이 붙은 스냅드래건잠자리를 유심히 관찰한 뒤 생각했다.

'곤충들이 촛불 속으로 날아들길 좋아하는 이유를 알 것 같아. 자기들도 스냅드래건잠자리처럼 되고 싶어서지!'

앨리스는 다시 이름을 댔다.

"그리고 나비가 있어."

각다귀가 말했다.

"그건 네 발치에서 기어 다니고 있어. (이 말에 앨리스는 화들짝 놀라 발을 뒤로 뺐다.) 잘 보면 버터빵나비가 보일 거야. 날개는 얇은 버터 빵, 몸통은 빵 껍질에다 머리는 각설탕으로 돼 있어." (영어에서 나비는 'butterfly'이고, 버터 바른 빵은 'bread-and-butter'인 점에 착안해 두 단어를 섞어서 재미있게 표현했다―옮긴이)

"얜 뭘 먹고 살아?"

"크림을 넣은 연한 차."

이때 앨리스에게 새로운 궁금증이 생겼다.

"만약 그런 차를 못 찾으면 어떡해?"

"그럼 당연히 죽겠지."

앨리스가 골똘히 생각하며 말했다.

"그런 일이 몹시 많을 텐데."

각다귀가 대답했다.

"늘 생기지."

앨리스는 잠깐 아무 말 없이 생각에 빠져 있었다. 그러는 사이 각다귀는 앨리스 머리 위로 윙윙 날아다니다가 다시 내려앉아서는 이렇게 물었다.

"너는 이름을 잃어버리고 싶진 않지?"

앨리스가 약간 걱정스러운 목소리로 대답했다.

"당연하지."

각다귀는 태연스럽게 말을 이어나갔다.

"난 잘 모르겠어. 이름 없이 집으로 돌아가면 얼마나 편할까 하는 생각도 들어! 예를 들어 가정교사가 수업을 하려고 널 부를 때면 '이리 와……' 하다가도 그만둘 거 아니야. 부를 이름이 없으니까. 그럼 넌 안 가도 될 테고."

앨리스가 대답했다.

"그럴 일은 절대 없을걸. 선생님은 그런 이유로 수업을 빼먹을 생각은 절대로 하시지 않을 테니까. 만약 내 이름이 생각나지 않으면 그냥 하인들처럼 '아가씨!'라고 부르시겠지."

각다귀가 말했다.

"만약 '아가씨' 하고 부르고 더는 아무 말 안 하면 넌 수업을 땡땡이칠 수도 있잖아. 이건 농담이야. 그 농담을 네가 했으면 좋았을 텐데." ('miss'에는 '아가씨'란 뜻과 '수업을 빼먹다'란 뜻도 있다―옮긴이)

앨리스가 물었다.

"내가 왜 그런 농담을 하길 바라니? 그건 정말 안 좋은데."

그러자 각다귀는 한숨만 푹푹 내쉬면서 굵은 눈물 두 방울을 흘렸다.

앨리스가 말했다.

"농담이 널 그렇게 슬프게 한다면 이제 하지 말아야겠구나."

그러자 또다시 서글픈 한숨 소리가 나지막이 들려왔는데, 이번엔 불쌍한 각다귀가 자기 한숨에 실려 날아가 버린 것 같았다. 앨리스가 위를 올려다보자 나뭇가지에는 아무것도 없었다. 앨리스는 한 자리에 너무 오래 앉아 있다 보니 약간 추워졌다. 그래서 자리에서 일어나 걷기 시작했다.

얼마 안 가 숲과 맞닿아 있는 탁 트인 들판이 나타났다. 조금 전에 지나온 숲보단 훨씬 더 컴컴해 보여서 앨리스는 숲 속으로 들어가는 게 약간 망설여졌다. 하지만 다시 생각해본 뒤에 계속 가보기로 마음먹었다.

'어차피 돌아갈 것도 아니잖아.'

게다가 이것이 여덟째 칸으로 가는 유일한 길이었다.

앨리스는 생각에 잠겨 혼잣말로 중얼거렸다.

"이곳이 바로 이름 없는 생물들이 산다는 그 숲일 거야. 숲 속으로 들어가면 내 이름은 어떻게 될까? 이름을 잃어버리는 건 정말 싫은데. 만약 그렇게 되면 사람들이 새로운 이름을 지어줄 거야. 분명 예쁘지 않은 이름이겠지. 하지만 내 예전 이름을 얻게 된 생물을 찾아보는 것도 재미있을 거야! 그건 잃어버린 개를 찾는 광고랑 비슷할 거야. '개목걸이에 대시라고 쓰여 있으며, 대시라고 부르면 대답합니다.' 만나는 것들마다 '앨리스'라고 불러보는 거야. 그 이름에 대답하는 게 나타날 때까지! 그들이 영리하다면 절대로 대답하지 않겠지."

앨리스는 정처 없이 걷다가 마침내 숲에 이르렀다. 숲은 그늘져서 아주 시원해 보였다. 앨리스는 나무 아래로 들어가면서 중얼거렸다.

"어쨌든 정말 편안하네. 그렇게 더운 데 있다가 여기…… 여기…… 내가 어디로 들어왔더라?"

앨리스는 단어가 떠오르지 않아 조금 놀랐다.

"내 말은 이 아래, 이 아래……!"

앨리스가 나무에 손을 갖다 대고 말했다.

"이건 자기 이름을 뭐라고 부를까? 이름이 없나 봐. 그래, 없는 게 확실해!"

앨리스는 잠깐 생각에 빠져 조용히 서 있다가 갑자기 입을 열었다.

"그럼 그 일이 실제로 일어난 거잖아! 지금 나는 누구인 거지? 할 수만 있으면 기억해낼 거야! 꼭 그렇게 하겠어!"

하지만 그렇게 굳은 결심도 별 소용이 없었다. 한참 동안 쩔쩔매던 앨리스가 간신히 내뱉은 말은 다음과 같았다.

"앨, 앨로 시작하는데!"

바로 그때였다. 아기 사슴 한 마리가 어슬렁거리며 나타났다. 아기 사슴은 전혀 놀라지 않은 듯 커다랗고 순한 눈망울로 앨리스를 빤히 쳐다보았다.

앨리스가 말했다.

"자, 이리 온! 이리 온!"

앨리스는 손을 내밀어 아기 사슴을 쓰다듬으려고 했다. 하지만 아기 사슴은 움찔하고 뒤로 물러나더니 앨리스를 쳐다보며 가만히 서 있었다.

마침내 아기 사슴이 물었다.

"너는 너를 뭐라고 부르니?"

어쩜 목소리가 이렇게 부드럽고 달콤할 수가! 가엾은 앨리스는 속으로 생각했다.

'나도 알았으면 좋겠어!'

앨리스가 조금 서글픈 듯이 대답했다.

"지금은 이름이 없어."

아기 사슴이 다시 말했다.

"다시 생각해봐! 그런 대답은 도움이 안 돼!"

앨리스는 생각해보았지만 아무것도 떠오르지 않아서 조심스럽게 말했다.

"부탁인데 너는 너를 뭐라고 부르니? 그러면 좀 도움이 될 것 같은데."

아기 사슴이 대답했다.

"좀 더 가서 말해줄게. 여기서는 기억이 안 나거든."

둘은 숲 속을 같이 걸었다. 앨리스는 아기 사슴의 부드러운 목을 사랑스럽게 껴안은 채 또 다른 넓은 들판이 나올 때까지 걸었다. 들판에 도착하자 아기 사슴은 갑자기 펄쩍 뛰어오르면서 몸을 흔들더니 앨리스의 팔에서 빠져나갔다.

아기 사슴은 신이 나서 소리쳤다.

"나는 아기 사슴이야!"

다음 순간 아기 사슴의 어여쁜 갈색 눈망울에 갑작스러운 충격이 찾아들었다.

"어머나, 넌 인간 아이잖아!"

그러더니 아기 사슴은 걸음아 나 살려라 하고 달아나 버렸다.

앨리스는 가만히 서서 그 뒷모습을 지켜보다가 사랑스러운 작은 길동무를 갑자기 잃어버린 게 속상해 왈칵 눈물을 쏟아낼 뻔했다.

앨리스가 말했다.

"하지만 이제 내 이름을 아니까 한결 마음이 놓이네. 앨리스, 앨리스. 다신 잊어버리지 말아야지. 그런데 이 두 표지판 가운데 어느 걸 따라가야 하지?"

그 질문은 대답하기 어려운 게 아니었다. 숲에는 길이 오직 하나밖에 없었고, 또 표지판 두 개가 모두 같은 길을 가리켰기 때문이다.

앨리스는 중얼거렸다.

"길이 두 갈래로 나뉘고 표지판이 서로 다른 길을 가리킬 때 방향을 정해야지."

하지만 그런 일은 일어날 것 같지 않았다. 한참을 가도 길이 갈라지는 곳이면 표지판 두 개가 똑같은 길을 가리켰다. 하나는 '트위들덤의 집', 또 다른 하나는 '트위들디의 집'이라고 적혀 있었다.

마침내 앨리스가 이렇게 말했다.

"두 사람이 같은 집에 사는 게 분명해! 왜 진작 이 생각을 못했을까? 하지만 저기서 오래 머물 순 없어. 그냥 '안녕하세요' 하고 인사만 한 다음 숲에서 빠져나가는 길을 물어볼 거니까. 날이 어두워지기 전에 여덟째 칸에 도착하면 좋을 텐데!"

앨리스는 중얼거리면서 걸어가다가 갑자기 꺾어진 모퉁이에서 작고 뚱뚱한 남자 둘과 마주쳤다. 너무 갑작스러운 일이라 앨리스는 깜짝 놀라 뒤로 물러섰지만 이내 정신을 차렸다. 그들이 바로 트위들덤과 트위들디일 거라고 확신하면서…….

4장
트위들덤과 트위들디

두 사람은 나무 밑에서 어깨동무를 하고 서 있었다. 앨리스는 금방 누가 누군지 알 수 있었다. 한 사람의 옷깃에는 '덤'이라는 글자가, 다른 한 사람의 옷깃에는 '디'라는 글자가 수놓아 있었기 때문이다.

앨리스는 중얼거렸다.

"등 뒤 옷깃에는 '트위들'이라는 글자도 수놓아 있겠네."

둘 다 꼼짝도 않고 서 있어서 앨리스는 그들이 살아 있다는 사실도 깜박 잊었다. 그래서 잠시 후 등 뒤 옷깃에 '트위들'이라는 글자가 있는지 살펴보려고 했다. 바로 그때 '덤'이라고 적힌 쪽에서 목소리가 들려와 깜짝 놀랐다.

"너는 우리가 밀랍 인형인 줄 아는가 본데, 그럼 돈을 내야

할 게 아냐. 밀랍 인형은 공짜로 보라고 만든 게 아니잖아. 아
니고말고!"

이번엔 '디'라고 적힌 쪽이 거들었다.

"반대로 우리가 살아 있다고 생각하면 말을 걸어야지."

"정말 미안해요."

앨리스는 이 말만 겨우 내뱉을 수 있었다. 머릿속에서 옛 노
래 가사가 똑딱거리는 시계처럼 맴도는 바람에 소리 내어 흥얼
거릴 수밖에 없었기 때문이다.

트위들덤과 트위들디는

싸움을 벌이기로 했네.

트위들덤이 트위들디에게

자신의 새 딸랑이를 망가뜨렸다고 말했기 때문이지.

바로 그때 타르 통처럼 새까만

괴물 같은 까마귀가 날아왔네.

두 영웅은 너무 놀란 나머지

싸우는 것도 잊었다네.

트위들덤이 말했다.

"난 네가 지금 무슨 생각을 하는지 알아. 하지만 그게 아니

지. 아니고말고."

트위들디가 이어서 말했다.

"반대로 그게 그렇다면 그럴 수 있을 거야. 그럴 리는 없지만 만약 그렇다면 그건 그럴 거야. 하지만 그렇지 않으니까 그렇지 않은 거야. 그게 바로 논리야."

앨리스는 아주 공손하게 말했다.

"저는 이 숲에서 빠져나갈 수 있는 가장 좋은 길이 어딜까 계속 생각하고 있었어요. 날이 점점 어두워지거든요. 제발 가르쳐주세요."

하지만 작고 뚱뚱한 두 남자는 서로 마주 보고 씩 웃기만 할 뿐이었다.

둘은 마치 덩치 큰 단짝 남학생들처럼 보여서 앨리스는 자신도 모르게 트위들덤을 가리키며 "첫 번째 학생!"이라고 불렀다.

트위들덤은 우렁차게 "아니고말고!"라고 외치더니 다시 입을 딱 다물었다.

앨리스가 이번에는 트위들디에게 "다음 학생!"이라고 소리쳤다. 그러자 앨리스의 예상대로 트위들디는 "반대로!"라고 소리쳤다.

트위들덤이 소리쳤다.

"넌 시작이 잘못됐어! 누굴 찾아왔으면 맨 먼저 '안녕하세요?' 하고 인사부터 한 다음 악수를 해야지!"

두 형제는 서로 어깨동무를 한 채로 앨리스와 악수하려고 자유로운 손 하나씩을 내밀었다. 앨리스는 다른 한쪽의 기분을 상하게 할까 봐 둘 중 누구와도 먼저 악수하고 싶지 않았다. 그래서 궁리 끝에 두 사람의 손을 동시에 잡았다. 다음 순간 세 사람은 빙글빙글 돌면서 춤을 추었다. 앨리스는 이 동작이 매우 자연스럽게 느껴져서(앨리스가 나중에 기억하기로 그랬다) 어디선가 들려오는 음악 소리에도 놀라지 않았다. 음악 소리는 이들이 춤을 추던 장소의 나무 위쪽에서 들리는 것 같았는데, (아무리 생각해봐도 그건) 활로 바이올린을 켜듯 나뭇가지들이 서로 몸을 비비면서 내는 소리였다.

(나중에 앨리스는 언니에게 이 모든 이야기를 들려주면서 이렇게 말했다.)

"정말 재미있었어. 내가 '여기서 우리는 뽕나무 수풀을 빙글빙글 도네'라며 노래를 부르고 있더라고. 언제부터 불렀는지는 모르겠지만 아무튼 꽤 오랫동안 불렀던 것 같아!"

둘은 몹시 뚱뚱해서 이내 숨이 차올랐다.

트위들덤이 숨을 헐떡이며 말했다.

"한 번 춤추는 데 네 바퀴 돌면 충분해."

그들은 춤을 시작할 때와 마찬가지로 갑자기 멈췄고, 그와 동시에 음악 소리도 멈췄다.

그런 다음 두 사람은 앨리스의 손을 놓고 잠시 앨리스를 빤히 바라보았다. 조금 어색한 침묵이 흘렀다. 앨리스는 방금 전까지 춤을 춘 사람들과 어떻게 대화를 시작해야 할지 몰랐다.

앨리스는 혼잣말로 중얼거렸다.

"이제 와서 '안녕하세요?'라고 말할 수도 없는 노릇이잖아. 어쨌든 그런 말을 할 때는 이미 지난 것 같아!"

마침내 앨리스가 입을 열었다.

"피곤하진 않으세요?"

트위들덤이 대답했다.

"절대 아니야. 물어봐 줘서 정말 고마워."

트위들디가 덧붙였다.

"정말 무지하게 고마워. 그런데 넌 시는 좋아하니?"

앨리스는 자신 없는 말투로 대답했다.

"네……. 많이 좋아해요. 어떤 시는요. 그건 그렇고 숲에서 나가려면 어디로 가야 하죠?"

트위들디는 앨리스의 질문에는 아랑곳하지 않고 매우 진지한 눈빛으로 트위들덤을 바라보며 말했다.

"어떤 시를 들려줄까?"

트위들덤은 형제를 다정하게 껴안으며 대답했다.

"〈바다코끼리와 목수〉가 가장 길어."

그 말이 끝나자마자 트위들디가 시를 읊기 시작했다.

해가 비추고 있었지…….

바로 그때 앨리스가 트위들디의 말을 가로막고는 될 수 있는 한 공손하게 말했다.

"시가 너무 길면 길을 먼저 가르쳐…….

트위들디는 상냥하게 미소 짓더니 다시 시를 읊기 시작했다.

해가 바다를 비추고 있었지.

있는 힘껏 비추고 있었어.

온 힘을 다해 파도를

부드럽고 환하게 만들었어.

하지만 그건 이상한 일이었어.

그때는 한밤중이었으니까.

달이 뾰로통한 표정으로 빛나고 있었지.

달은 날이 저물었으니

해가 거기 있을 이유가

없다고 생각했으니까.

달이 말했어.

"정말 무례하군.

여기 와서 내 재미를 훼방 놓다니!"

82

바다는 흠뻑 젖어 있고

모래는 바짝 말라 있었지.

구름 한 점 볼 수 없었어.

하늘에 구름이 없었으니까.

머리 위로 나는 새도 없었어.

날아다닐 새가 없었으니까.

바다코끼리와 목수는

바짝 붙어서 걷고 있었지.

둘은 가득 쌓인 모래를 보고

슬피 울었어.

그러고선 이렇게 말했어.

"모래만 깨끗이 치워도

정말 근사할 텐데!"

바다코끼리가 물었지.

"하녀 일곱 명이 빗자루 일곱 개로

반년 동안 모래를 쓸어내면

깨끗해질까?"

그러자 목수가 쓰디쓴 눈물을 흘리며 대답했어.

"그렇지 않을걸."

바다코끼리가 간청했지.

"오, 굴들아, 이리 와서 우리와 같이 걷자!

짭짤한 해변을 따라

즐겁게 산책하며 즐거운 대화를 나누자.

우리가 내밀 손은

네 개밖에 안 되지만."

가장 늙은 굴이 바다코끼리를 쳐다보았지만

입도 뻥긋 안 했지.

단지 한쪽 눈을 찡긋 감고선

무거운 머리만 흔들었어.

그건 굴 밭을

떠나지 않겠다는 뜻이었어.

하지만 어린 굴 네 마리는

그 초대에 응하려고 서둘러 왔지.

외투를 손질하고 세수를 하고

신발도 깨끗하고 말끔하게 닦았어.

그건 이상한 일이었지.

굴에겐 발이 없었으니까.

다른 굴 네 마리도 그들을 따라왔지.

뒤이어 또 다른 굴 네 마리도 왔어.

마침내 떼거리로 몰려왔어.

점점 더 많이, 점점 더 많이.

모두 거품투성이 파도 사이에서 튀어나와

해변으로 기어 나왔어.

바다코끼리와 목수는

1킬로미터쯤 걸었지.

그런 다음 평평한 바위에

앉아 편히 쉬었어.

어린 굴들은 모두
한 줄로 서서 기다렸어.

바다코끼리가 말했지.
"이제 시간이 됐으니
많은 것을 이야기해보세."
신발과 배, 봉랍(편지나 병 등을 봉하는 데 쓰는 혼합물—옮
긴이)을
양배추와 왕들을
바다가 왜 뜨겁게 끓어오르는지를
돼지에게 날개가 있는지를.

굴들이 소리쳤지.
"이야기를 시작하기 전에
잠깐만 기다려주세요.
숨이 찬 애들도 있고
우리는 모두 뚱뚱하거든요!"
목수가 "서두를 필요는 없지!"라고 말하자
굴들은 매우 고마워했지.

바다코끼리가 말했지.

"가장 먼저 빵 한 덩어리가 필요해.

후추와 식초도 있으면 정말 좋겠는데.

사랑하는 굴들아, 준비됐으면

너희를 먹기 시작해야겠어."

파랗게 질린 굴들이 소리쳤지.

"우릴 먹어선 안 돼요!

그렇게 친절하게 굴다가

이렇게 못되게 굴다니요!"

바다코끼리가 말했어.

"멋진 밤이군.

경치가 정말 좋지 않니?"

"이렇게 와줘서 진짜 고마워.

너희는 정말 착한 굴들이야!"

목수는 단지 이 말만 했지.

"한 조각 더 잘라줘.

귀가 먹은 건 아니겠지.

내가 두 번이나 말했잖아!"

바다코끼리가 말했지.

"부끄럽네.
굴들을 그렇게 빨리 걷게 하고
이렇게 멀리 데리고 와서는
속임수를 쓰다니!"
목수는 딱 한마디만 했어.
"버터를 너무 두껍게 발랐어!"

바다코끼리가 말했지.
"눈물이 나는군.
너희가 너무 불쌍해서."
바다코끼리는 흐느껴 울며
가장 큰 놈들을 골라냈어.
눈물이 쏟아지는 눈에
손수건을 갖다 대면서.

목수가 말했지. "오, 굴들아.
달리기는 재미있었어!
다시 집으로 달려갈까?"
하지만 아무도 대답하지 않았어.
그건 전혀 이상하지 않았지.
둘이서 굴을 다 먹어치워 버렸으니까.

앨리스가 말했다.

"저는 바다코끼리가 더 좋아요. 불쌍한 굴들에게 조금은 미안한 마음을 느끼잖아요."

트위들디가 말했다.

"하지만 바다코끼리는 목수보다 굴을 더 많이 먹었어. 자기가 굴을 몇 개나 가져갔는지 목수가 세지 못하게 손수건으로 가리고 있었다니까. 그러니까 그 반대지."

앨리스가 발끈하며 말했다.

"정말 못됐다! 그럼 전 목수가 더 좋아요. 바다코끼리만큼 굴을 많이 먹진 않았잖아요."

트위들덤이 대답했다.

"하지만 목수도 손에 잡히는 족족 먹었는걸."

이 말에 앨리스는 머리가 복잡해졌다. 그러다 잠시 뒤 입을 열었다.

"그래요! 둘 다 아주 나쁜……."

바로 그 순간 앨리스는 깜짝 놀라 말을 멈췄다. 근처 숲에서 커다란 증기기관차가 내뿜는 소리 같은 게 들렸기 때문이다. 그것이 꼭 야생동물이 내는 소리 같아 앨리스는 덜컥 겁이 났다.

앨리스가 조심스럽게 물었다.

"혹시 이 근처에 사자나 호랑이가 있나요?"

트위들디가 대답했다.

"저건 붉은 왕이 코를 고는 소리일 뿐이야."

"가서 보자!"

형제는 이렇게 말하더니 앨리스의 손을 하나씩 붙잡고 왕이 자고 있는 곳으로 데려갔다.

트위들덤이 말했다.

"저 모습, 정말 사랑스럽지 않니?"

앨리스는 차마 그렇다고 말할 수 없었다. 붉은 왕은 술이 달린 기다란 붉은색 수면 모자를 쓰고 지저분한 누더기 더미처럼 웅크린 채 자고 있었다. 트위들덤의 말처럼 '머리가 떨어져 나갈 정도로!' 코를 드르렁드르렁 골면서 말이다.

평소 생각이 깊은 앨리스가 말했다.

"축축한 잔디 위에서 자면 감기에 걸릴 텐데."

트위들디가 말했다.

"왕은 지금 꿈을 꾸고 있어. 무슨 꿈을 꾸는 것 같니?"

앨리스가 대답했다.

"그건 아무도 모르죠."

트위들디가 의기양양하게 손뼉을 치며 소리쳤다.

"바로 네 꿈이야! 왕이 꿈에서 깨면 넌 어디에 있을 것 같니?"

앨리스가 대답했다.

"물론 지금 있는 곳이죠."

트위들디는 무시하는 투로 쏘아붙였다.

"아니야! 넌 어디에도 없을 거야. 넌 왕의 꿈에만 있는 아이니까!"

트위들덤이 덧붙였다.

"붉은 왕이 깨어나면 넌 휙 하고 사라질 거야! 촛불이 꺼지듯 그렇게!"

앨리스는 벌컥 화를 냈다.

"안 그래요! 그리고 제가 붉은 왕의 꿈에만 나오는 존재라면 당신들은 누구죠? 말해보세요!"

트위들덤이 대답했다.

"마찬가지야."

트위들디도 소리쳤다.

"마찬가지야. 똑같아!"

트위들디가 너무 크게 소리를 지르는 바람에 앨리스는 이렇게 말할 수밖에 없었다.

"쉿! 그렇게 떠들어대면 왕이 깨요."

트위들덤이 말했다.

"붉은 왕이 깬다고 말해봤자 아무 소용없어. 넌 붉은 왕의 꿈에서만 나오는 존재니까. 너도 네가 진짜가 아니라는 걸 잘 알고 있잖아."

앨리스는 와락 울음을 터뜨렸다.

"전 진짜라고요!"

트위들디가 말했다.

"네가 운다고 좀 더 진짜가 되는 건 아니야. 울어봤자 소용없어."

앨리스는 너무 어이가 없어 울다가 웃음이 피식 터져 나왔다.

"제가 진짜가 아니라면 어떻게 울 수 있죠?"

트위들덤이 몹시 업신여기는 듯한 말투로 끼어들었다.

"설마 그게 진짜 눈물이라고 생각하는 건 아니지?"

앨리스는 속으로 생각했다.

'저들은 지금 말도 안 되는 소릴 지껄이고 있어. 그러니 그걸 갖고 눈물을 빼는 건 멍청한 짓이야.'

앨리스는 눈물을 닦고 애써 명랑하게 말을 이었다.

"어쨌든 저는 숲에서 나가는 게 좋겠어요. 날이 점점 어두워지고 있거든요. 비가 올까요?"

트위들덤은 자신과 트위들디 위로 커다란 우산을 펼치더니 하늘을 올려다보았다.

"아니, 적어도 이 우산 안에는 안 올 것 같아. 절대로."

"하지만 우산 밖에는 비가 올 수도 있잖아요?"

트위들디가 대답했다.

"비가 오고 싶으면 오겠지. 우리는 이의 없어. 그 반대로."

앨리스는 생각했다

'정말 이기적인 사람들이야!'

앨리스가 "잘 있어요!"라는 인사를 끝으로 막 떠나려고 하는데, 트위들덤이 우산에서 뛰쳐나와 앨리스의 손목을 꽉 붙잡았다. 그러더니 흥분해서 목이 멘 목소리로 말했다.

"저거 보이니?"

트위들덤은 순식간에 누렇게 된 눈을 휘둥그레 뜨고는 떨리는 손가락으로 나무 밑에 있는 작고 하얀 물체를 가리켰다.

앨리스는 그 물체를 자세히 살펴보고 나서 입을 열었다.

"저건 딸랑이예요. 방울뱀이 아닌데요."

앨리스는 트위들덤이 겁을 먹었다고 생각해서 얼른 덧붙였다.

"낡고 오래돼서 찌그러진 딸랑이일 뿐이라고요."

트위들덤은 발을 동동 구르고 머리를 쥐어뜯으면서 울부짖었다.

"내 그럴 줄 알았어! 다 망가졌겠지!"

그러면서 트위들덤은 트위들디를 바라보았다. 트위들디는 곧장 땅바닥에 주저앉더니 우산 아래로 몸을 숨기려고 했다.

앨리스는 트위들덤의 팔에 손을 얹으며 달래는 듯한 말투로 말했다.

"낡아빠진 딸랑이 때문에 그렇게 화낼 필요는 없잖아요."

그러자 화가 머리끝까지 치밀어 오른 트위들덤이 소리쳤다.

"낡은 게 아니야. 그건 새것이라고. 바로 어제 샀단 말이야.

저건 멋진 새 딸랑이라고!"

트위들덤의 목소리는 비명에 가까웠다.

그사이 트위들디는 우산 안에 있으면서 우산을 접으려고 낑낑됐다. 앨리스는 이 희한한 장면에 정신이 팔려 자연스럽게 관심이 트위들디에게로 옮겨졌다. 결국 트위들디는 우산을 접는 데 실패하고 머리만 삐죽 밖으로 내민 채 우산 안에 갇혀 땅바닥을 나뒹굴었다. 그러고는 눈을 휘둥그레 뜨고 입을 뻐끔거리면서 누워 있었다.

앨리스는 생각했다.

'꼭 물고기 같잖아.'

트위들덤이 조금 진정한 목소리로 말했다.

"물론 싸우는 데 동의하겠지?"

트위들디가 겨우 우산 밖으로 기어 나오면서 퉁명스럽게 대답했다.

"그래. 우리가 옷 입는 걸 저 애가 도와줘야겠군."

형제는 손을 잡고 숲 속으로 들어가더니 잠시 뒤 덧베개, 담요, 벽난로 깔개, 식탁보, 접시 뚜껑, 석탄 통 같은 것을 한 아름 안고 돌아왔다.

트위들덤이 말했다.

"네가 핀을 꽂고 줄 묶는 걸 잘하면 좋을 텐데. 어떻게든 이것들을 다 입어야 해."

앨리스가 나중에 말하기를 그런 난리법석은 태어나서 처음 보았다고 했다. 두 형제가 어찌나 부산을 떨면서 그 많은 것을 다 달고 입었는지, 또 자신이 줄을 묶고 단추를 끼워주느라 얼마나 애를 먹었는지도 전했다. 앨리스는 트위들디의 말마따나 '머리가 잘려나가지 않도록' 목에 덧베개를 달아주면서 혼잣말로 중얼거렸다.

"다 입으면 꼭 누더기 옷 보따리 같겠어!"

트위들디는 매우 진지한 목소리로 덧붙였다.

"싸움에서 일어날 수 있는 가장 심각한 사건은 머리가 댕강 잘리는 거야."

앨리스는 깔깔대고 웃다가 트위들디가 기분 나빠할까 봐 헛기침을 하는 척했다.

트위들덤이 앨리스에게 투구를 묶어달라고 하면서 물었다. (트위들덤은 그걸 투구라고 불렀지만 겉보기엔 그냥 냄비 같았다.)

"내 얼굴이 창백해 보이니?"

앨리스가 상냥하게 대답했다.

"글쎄요, 조금 그러네요……."

트위들덤은 목소리를 낮추며 말했다.

"나는 보통 땐 정말 용감하거든. 그런데 오늘따라 머리가 아프지 뭐야."

옆에서 듣고 있던 트위들디가 말했다.

"난 이가 아파! 너보다 훨씬 더 심하다고!"

앨리스는 이때가 두 사람을 화해시킬 수 있는 좋은 기회라고 생각하고 말했다.

"그럼 오늘은 싸우지 않는 게 좋겠어요."

트위들덤이 말했다.

"우린 조금이라도 싸움을 해야만 해. 오래 해도 상관없어. 근데 지금 몇 시야?"

트위들디가 시계를 보더니 대답했다.

"네 시 삼십 분이야."

트위들덤이 말했다.

"그럼 여섯 시까지 싸우자. 그런 다음 저녁을 먹자."

트위들디가 조금 슬프게 말했다.

"좋아, 저 애보고 우리가 싸우는 걸 봐달라고 하자."

그러고는 이렇게 덧붙였다.

"하지만 너무 가까이 다가오지 않는 게 좋을 거야. 난 진짜 흥분하면 눈에 보이는 건 뭐든 내려치거든."

트위들덤도 덩달아 소리쳤다.

"난 손에 닿는 건 뭐든 내려쳐. 보이든 말든!"

앨리스가 깔깔대며 말했다.

"그러면 나무를 많이 치겠네요."

트위들덤은 흡족한 듯 웃으면서 주위를 둘러보았다.

"싸움이 끝날 때쯤엔 저 멀리까지 멀쩡히 남아 있는 나무가 하나도 없을걸!"

앨리스는 두 형제가 그런 사소한 일로 싸우는 걸 부끄럽게 여기길 바라며 말했다.

"그깟 딸랑이 하나 때문에 싸우다니!"

트위들덤이 말했다.

"그게 새것만 아니었더라도 이렇게까지 분통이 터지진 않았을 거야."

앨리스는 생각했다.

'그 괴물 같은 까마귀라도 나타나면 좋으련만!'

트위들덤이 트위들디에게 말했다.

"칼이 하나밖에 없어. 그러니까 넌 우산을 써도 돼. 우산 끝도 칼처럼 날카로우니까. 빨리 시작해야 해. 날이 거의 다 어두워졌어."

트위들디가 덧붙였다.

"점점 더 어두워지고 있지."

갑자기 날이 어두워지는 바람에 앨리스는 폭풍우가 오고 있는 게 틀림없다고 생각했다.

"저 시커먼 먹구름 좀 봐. 엄청 짙네! 어쩜 저렇게 빨리 다가오지! 진짜 날개가 달린 것 같아!"

그러자 트위들덤이 놀라서 귀가 째질 듯이 날카로운 소리를 냈다.

"까마귀다!"

두 형제는 걸음아 나 살려라 하고 도망가더니 순식간에 자취를 감추고 말았다.

앨리스는 숲 속으로 조금 달려가다가 커다란 나무 밑에서 멈춰 섰다.

'여기까진 쫓아오지 못할 거야. 나무 사이를 비집고 들어오기엔 몸집이 너무 크니까. 날개를 저렇게 퍼덕거리지 않으면 좋을 텐데. 계속 저러면 숲 속에 태풍이 불어닥칠 거야. 어, 저기 웬 숄이 날아오네!'

5장
양털과 강

앨리스는 날아오는 숄을 붙잡고는 주인을 찾아 주위를 둘러보았다. 곧이어 하얀 여왕이 두 팔을 활짝 펼치고 마치 날아서 온 듯 빠르게 숲 속으로 달려왔다. 앨리스는 숄을 들고 아주 공손하게 하얀 여왕을 맞으러 갔다.

앨리스는 하얀 여왕이 숄을 걸치도록 도와주며 말했다.

"마침 제가 여기에 있어서 정말 다행이에요."

그러자 하얀 여왕은 잔뜩 겁을 집어먹은 채 앨리스를 바라보더니 무슨 말인가를 자꾸 속삭였다. 그건 꼭 "버터 바른 빵, 버터 바른 빵"이란 소리 같았다. 앨리스는 이 상황에서 대화를 나누려면 자기가 먼저 시작해야 한다고 생각했다. 그래서 조금 머뭇거리며 말을 걸었다.

"제가 지금 말을 걸고 있는 분이 하얀 여왕님 맞으신가요?"

하얀 여왕이 대답했다.

"그래. 네가 그걸 '옷을 입힌다'고 표현한다면 말이지. 내 생각은 그게 절대 아니지만." ('말을 걸다'는 영어로 'address'인데, 앞의 철자 두 개를 빼면 'dress', 곧 '옷을 입히다'가 된다. 앨리스는 앞의 단어로 말했는데, 여왕은 뒤의 단어로 알아들었다 ―옮긴이)

앨리스는 대화 시작부터 말다툼을 하지 말아야겠다는 생각에 씽긋 미소를 지었다.

"여왕 폐하가 올바르게 시작하는 방법을 가르쳐주신다면 최선을 다해볼게요."

가엾은 하얀 여왕이 신음했다.

"하지만 난 네가 해주는 걸 원하지 않아. 두 시간 동안 내가 직접 옷을 입었거든."

앨리스는 하얀 여왕이 옷을 입을 때 누군가 도와줬다면 훨씬 나았을 거라고 생각했다. 하얀 여왕은 차림새가 영 지저분하고 엉망이었다.

앨리스는 속으로 생각했다.

'어쩜 저리 하나같이 다 엉망일까. 온통 핀투성이잖아.'

앨리스가 큰 소리로 물었다.

"제가 숄을 똑바로 정리해드릴까요?"

하얀 여왕이 시큰둥한 목소리로 대답했다.

"난 어디가 문제인지 모르겠는데! 숄이 심통 났나 보다! 핀을 여기저기 다 꽂아봤는데도 마음에 들지 않아!"

앨리스는 상냥하게 숄을 매만져주며 말했다.

"한쪽에만 핀을 꽂으면 똑바르지가 않죠. 어머, 머리 모양도 엉망이에요!"

하얀 여왕이 한숨을 푹 쉬면서 말했다.

"솔빗이 머리카락에 엉켜버렸어. 게다가 어제 짧은 빗도 잃어버렸거든!"

앨리스는 하얀 여왕의 머리카락에서 조심스럽게 솔빗을 빼낸 뒤 나머지 머리도 정성껏 매만졌다. 그런 다음 핀을 거의 모두 다시 꽂고 말했다.

"자, 이제 훨씬 좋아 보여요! 시녀를 두셔야겠어요!"

그 말에 하얀 여왕이 대답했다.

"그럼 기꺼이 널 시녀로 쓰겠다! 일주일에 2펜스씩 주고 이틀마다 잼도 주지."

앨리스는 웃음을 터뜨리며 말했다.

"저를 쓰지 마세요. 전 잼도 안 좋아해요."

하얀 여왕이 말했다.

"정말 맛 좋은 잼이란다."

"글쎄요, 어쨌든 전 오늘은 먹고 싶지 않아요."

그러자 하얀 여왕이 대꾸했다.

"네가 먹고 싶어도 못 먹어. 그게 규칙이거든. 어제 잼과 내일 잼은 있어도 오늘 잼은 없지."

이 말에 앨리스가 따졌다.

"그러다 보면 '잼 먹는 날'도 있을 거예요."

"아니, 그럴 수 없어. 이틀에 한 번만 잼 먹는 날이야. 오늘은 오늘이 아닌 날이 될 수 없잖아."

앨리스가 말했다.

"무슨 말인지 모르겠어요. 머릿속이 너무 복잡해요!"

이 말에 하얀 여왕이 친절하게 설명했다.

"거꾸로 살아서 그렇단다. 처음엔 누구나 조금 어지럽게 마련이지."

앨리스는 깜짝 놀라 말을 따라 했다.

"거꾸로 산다고요? 그런 이야긴 처음 들어봐요!"

"거꾸로 살아서 좋은 점이 한 가지 있어. 그건 과거와 미래를 모두 기억할 수 있다는 거야."

앨리스가 말했다.

"저는 지나간 일만 기억하는데요. 일어나지도 않은 일은 기억하지 못한다고요."

하얀 여왕이 말했다.

"지나간 일만 기억한다니 기억력이 영 형편없구나."

앨리스는 용기 내어 물었다.

"그럼 여왕님이 가장 잘 기억하는 건 어떤 일인데요?"

하얀 여왕은 아무렇지도 않게 대답했다.

"아, 다다음 주에 일어날 일이지. 예를 들어……."

하얀 여왕은 자기 손가락에 큼지막한 고약을 붙이면서 말을 이었다.

"왕의 전령이 지금 감옥에서 벌을 받고 있어. 다음 수요일이나 되어야 재판이 열릴 거야. 물론 죄는 가장 나중에 짓게 될 테고."

앨리스가 물었다.

"전령이 죄를 짓지 않으면요?"

하얀 여왕이 손가락에 붙인 고약을 조그만 끈으로 동여매며 대답했다.

"그럼 더 좋은 일이겠지. 안 그래?"

앨리스는 그 말에 반박할 수 없었다.

"물론 더 좋은 일이긴 하죠. 하지만 전령이 벌을 받는다면 그건 좋은 일도 아니잖아요."

하얀 여왕이 말했다.

"틀렸어. 너 벌을 받아본 적이 있니?"

"네, 잘못했을 때는요."

그러자 하얀 여왕이 의기양양하게 말했다.

"그래서 네가 더 나아진 거야."

앨리스가 말했다.

"하지만 그건 제가 벌 받을 짓을 해서 그렇죠. 지금하고는 경우가 다르잖아요."

하얀 여왕이 말했다.

"네가 아무 잘못을 저지르지 않고도 벌을 받았다면 더욱 좋았을 거야. 훨씬 좋지, 훨씬 좋지, 훨씬 좋지!"

여왕은 "훨씬 좋지"라고 할 때마다 목소리를 높이더니 결국 귀가 찢어질 정도로 비명을 질러댔다.

앨리스는 "어딘가 잘못됐어요……"라고 말하려다가 하얀 여왕이 너무 크게 비명을 질러대는 바람에 말을 끝내지 못했다. 하얀 여왕은 "아야, 아야, 아야!" 하고 소리를 지르면서 손이 떨어져 나가라 흔들어댔다.

"손가락에서 피가 나! 아야! 아야! 아야!"

하얀 여왕의 비명은 마치 증기기관차의 경적 소리 같아서 앨리스는 두 손으로 귀를 막아야 했다.

앨리스는 겨우 말할 틈이 나자 물었다.

"무슨 일이에요? 손가락을 찔렸어요?"

하얀 여왕이 대답했다.

"아직은 아니야. 하지만 곧 찔릴 거야. 아야, 아야, 아야!"

앨리스는 웃음이 터지려는 걸 애써 참으면서 물었다.

"언제 찔리는데요?"

가엾은 하얀 여왕은 끙끙 앓는 소리를 냈다.

"내가 숄을 다시 걸칠 때 브로치가 풀려서 찔리겠지. 아야, 아야!"

하얀 여왕이 그 말을 마치자마자 브로치가 풀렸다. 여왕은 브로치를 확 움켜쥐고는 다시 끼우려고 했다.

그걸 본 앨리스가 소리쳤다.

"조심하세요! 브로치를 잘못 쥐었어요!"

앨리스가 곧바로 브로치를 잡아챘지만 이미 늦었다. 핀이 빠지는 바람에 하얀 여왕은 손가락을 찔리고 말았다.

하얀 여왕이 웃으면서 말했다.

"이래서 피가 나게 됐어. 이제 이곳에서 어떻게 일이 진행되는지 알겠지."

앨리스는 다시 귀를 막으려 하면서 물었다.

"지금은 왜 소리를 지르지 않으세요?"

하얀 여왕이 대답했다.

"이미 소리를 다 질러버렸잖아. 또 소리를 질러봤자 무슨 소용이 있겠어?"

이제 날이 밝아지기 시작했다.

앨리스가 말했다.

"까마귀가 날아가 버렸나 봐요. 정말 기뻐요. 전 밤이 오는 줄 알았거든요."

하얀 여왕이 말했다.

"나도 그렇게 기뻐할 수 있으면 좋겠구나! 난 도무지 규칙이 기억나지 않아. 넌 이 숲에 살면서도 행복할 수 있겠다. 원할 때마다 기뻐할 수 있으니!"

앨리스는 서글픈 목소리로 대답했다.

"하지만 이곳은 너무 쓸쓸해요!"

외롭다는 생각이 들자 커다란 눈물 두 방울이 앨리스의 뺨 위로 주르륵 흘러내렸다.

가엾은 하얀 여왕은 괴로운 듯 필사적으로 양손을 비벼대면서 소리쳤다.

"아, 그러면 안 돼! 네가 얼마나 대단한 아이인지 생각해봐. 오늘 얼마나 먼 길을 왔는지, 지금 몇 시인지 생각해봐! 뭐든 생각해봐. 우는 것만 빼고!"

앨리스는 여전히 눈물을 흘리고 있었지만, 이 말을 듣고선 피식하고 웃음을 터뜨리지 않을 수 없었다.

앨리스가 물었다.

"여왕님은 그런 것들을 생각하면 울음이 멎나요?"

하얀 여왕이 매우 단호하게 대답했다.

"그렇게 할 수 있지. 누구도 한 번에 두 가지 일을 할 순 없잖아. 우선 네 나이를 생각해보자. 너 지금 몇 살이지?"

"정확히 일곱 살 반이에요."

하얀 여왕이 말했다.

"'정확히'란 말은 할 필요 없어. 그 말 안 해도 널 믿을 수 있으니까. 이번엔 내가 너한테 믿을 만한 이야기를 해주지. 나는 백한 살에다 다섯 달하고도 하루 됐다."

앨리스가 소리쳤다.

"믿을 수 없어요!"

하얀 여왕이 측은하다는 듯이 말했다.

"못 믿겠다고? 다시 한 번 해봐. 숨을 깊이 들이마시고 눈을 감아."

앨리스는 까르르 웃으면서 대답했다.

"그래도 소용없어요. 불가능한 이야길 믿을 순 없잖아요."

하얀 여왕이 말했다.

"넌 연습을 충분히 안 했구나. 내가 너만 했을 땐 하루에 삼십 분씩 연습했단다. 아, 가끔 아침을 먹기도 전에 얼토당토않은 것을 여섯 개나 믿기도 했지. 저기 숄이 또 날아가네!"

하얀 여왕이 말하는 도중에 브로치가 풀렸고, 그때 갑자기 바람이 불어오자 여왕의 숄이 작은 시냇물 너머로 날아가 버렸다. 하얀 여왕은 두 팔을 벌리고 쏜살같이 쫓아가 이번에는 숄을 붙잡는 데 성공했다.

하얀 여왕은 의기양양하게 소리쳤다.

"내가 해냈어. 이제 내가 혼자서 핀을 꽂아볼 테니 잘 봐라!"

앨리스는 하얀 여왕을 따라 작은 시냇물을 건너면서 공손하게 물었다.

"손가락은 이제 괜찮으신 거죠?"

*   *   *   *

*   *   *

*   *   *   *

하얀 여왕이 소리쳤다.

"아, 매우 좋아졌어!"

하얀 여왕의 목소리는 점점 더 커지더니 비명에 가까워졌다.

"매우 좋아졌어! 매애우! 매애애우! 매애애!"

마지막 말은 양처럼 "매애애" 하고 우는 긴 소리로 끝나서 앨리스는 화들짝 놀랐다.

앨리스는 하얀 여왕을 바라보았다. 하얀 여왕은 갑자기 온몸이 양털로 뒤덮인 것 같았다. 앨리스는 눈을 비비고 다시 보았지만 어찌 된 영문인지 알 수가 없었다. 내가 가게에 온 건가? 그리고 계산대 뒤에 앉아 있는 건 정말로, 정말로 양인가? 앨리스는 아무리 눈을 비벼보아도 알 수가 없었다. 앨리스는 어두컴컴한 작은 가게 안에서 팔꿈치를 계산대에 올리고 있었다. 맞은편에는 늙은 양 한 마리가 안락의자에 앉아 뜨개질을 하면서 이따금 커다란 안경 너머로 앨리스를 바라보곤 했다.

마침내 양이 뜨개질을 멈추더니 고개를 들고 말했다.

"뭘 사고 싶니?"

앨리스는 아주 상냥하게 대답했다.

"아직 잘 모르겠어요. 괜찮으시면 가게를 한번 둘러보고 싶어요."

양이 대답했다.

"원한다면 앞과 옆은 볼 수 있겠지. 하지만 뒤통수에 눈이 달려 있지 않은 한 사방을 볼 수는 없어."

앨리스는 뒤통수에 눈이 달려 있지 않았기에 몸을 이리저리 돌려 선반 쪽으로 가까이 다가가서 보는 데 만족해야 했다.

가게 안은 온갖 신기한 물건으로 가득 차 있었다. 하지만 그중에서도 가장 이상한 점은 어떤 선반이든 그 위에 뭐가 있는지 들여다보려고 하면 갑자기 텅 비어버리는 것이었다. 주위의 다른 선반에는 여전히 물건이 가득 쌓여 있는데도 말이다.

앨리스는 인형 같기도 하고 바느질 상자 같기도 한 반짝반짝 빛나는 커다란 물건을 찾아냈다. 하지만 자세히 살펴보려고 하면 그 물건은 바로 위의 선반으로 쑥 올라가 버렸다. 앨리스는 잠깐 쫓아다니다가 허탕만 치고선 이내 애처롭게 말했다.

"여기선 물건들이 막 돌아다니네! 그중에서도 이 물건이 가장 화나게 해. 하지만……."

바로 그 순간 앨리스의 머릿속에 한 가지 생각이 퍼뜩 떠올랐다.

'맨 꼭대기 선반까지 쫓아가야겠어. 설마 천장을 뚫고 나가기야 하겠어?'

하지만 이 계획마저 실패로 돌아갔다. 그 '물건'은 아주 익숙한 듯 조용히 천장을 뚫고 휙 날아가 버렸다.

양이 또 다른 뜨개바늘 한 쌍을 집어 들며 말했다.

"넌 어린애냐, 팽이냐? 팽이처럼 그렇게 빙빙 돌아다니니 정신 사나워 죽겠구나."

양은 이제 한꺼번에 뜨개바늘 열네 쌍을 쥐고 뜨개질을 했다. 앨리스는 깜짝 놀라 그 모습을 바라보았다. 그리고선 어리둥절해하며 이렇게 중얼거렸다.

'어떻게 저렇게 많은 바늘로 뜨개질을 할 수 있지? 바늘이 늘어나니까 꼭 고슴도치 같아지잖아!'

양이 뜨개바늘 한 쌍을 앨리스에게 건네면서 물었다.

"너 노는 저을 줄 아니?"

앨리스가 "네, 조금요. 하지만 땅에서나 뜨개바늘로는 못 하죠……"라고 대답하려는 순간 갑자기 뜨개바늘이 노로 변했다. 다음 순간 앨리스와 양은 작은 배를 타고 강둑 사이로 미끄러지듯 나아가고 있었다. 앨리스는 하는 수 없이 온 힘을 다

해 노를 저었다.

양이 또 다른 뜨개바늘 한 쌍을 집어 들고 소리쳤다.

"깃털!"

이 말에는 대답하지 않아도 될 것 같아 앨리스는 아무 말 없이 노를 저었다. ('feather'에는 '깃털'이란 뜻도 있지만 '노깃을 수면과 평행이 되게 젖히다'란 뜻도 있다. 양은 뒤의 뜻으로 말했지만 앨리스의 귀에는 앞의 뜻으로 들렸다—옮긴이) 그런데 물이 진짜 이상한 것 같았다. 가끔 노가 물속으로 쑥 빨려 들어가서는 잘 빠져나오지 않았다.

"깃털! 깃털! 그러다 게를 잡겠구나!" (영어에서 '게를 잡다catch a crab'란 말은 보트 경기에서 '노를 잘못 저어 배를 뒤집다'란 뜻으로도 쓰인다. 양은 뒤의 뜻으로 말했지만 앨리스의 귀에는 앞의 뜻으로 들렸다—옮긴이)

앨리스는 속으로 생각했다.

'귀여운 작은 게! 차라리 게나 잡으면 좋을 텐데.'

양은 뜨개바늘 한 다발을 집어 들며 버럭 화를 냈다.

"너 내가 '깃털'이라고 하는 말 못 들었니?"

"여러 번 들었어요. 그것도 아주 크게 말씀하셨잖아요. 그런데 게는 어디 있어요?"

양은 양손에 가득 찬 뜨개바늘 몇 개를 머리털 속에 꽂으며 대답했다.

"물론 물속에 있지! 깃털이라니까!"

앨리스는 조금 짜증을 내며 물었다.

"근데 왜 자꾸 '깃털! 깃털!' 하세요? 전 새가 아니라고요!"

"넌, 넌 꼬마 거위야." ('goose'에는 '거위'란 뜻도 있지만 '바보'란 뜻도 있다―옮긴이)

이 말에 앨리스는 기분이 조금 상했고 그 바람에 잠깐 대화가 끊어졌다. 그러는 동안 배는 유유히 나아갔다. 때로는 물풀 사이를 지나가기도 하고(그 때문에 노가 물속에서 빠져나오기 힘들었다), 때로는 나무 사이를 지나가기도 했다. 하지만 그들의 머리 위에서는 언제나 높은 강둑이 얼굴을 잔뜩 찌푸리고 있었다. 갑자기 앨리스가 기뻐하며 소리쳤다.

"아, 제발요! 저기 향기 나는 골풀이 있어요! 정말 저기 있어요. 진짜 예뻐요!"

양은 뜨개질을 하느라 고개도 들지 않고 대꾸했다.

"내게 '제발'이라고 말할 필요는 없어. 내가 골풀을 심은 것도 아니고 그걸 뽑아버릴 생각도 없으니까."

앨리스가 애원했다.

"아니요, 제 말은 잠시 멈춰서 몇 줄기만 꺾고 싶다는 거였어요. 괜찮으면 배를 잠깐만 멈춰주세요."

양이 대답했다.

"내가 어떻게 배를 멈추니? 네가 노를 그만 저으면 저절로 멈출 텐데."

이 말에 앨리스가 노 젓기를 멈췄다. 그러자 배는 강 아래쪽으로 유유히 떠내려가다가 마침내 흔들리는 골풀 사이로 부드럽게 미끄러져 들어갔다. 앨리스는 소매를 조심스럽게 걷어 올린 뒤 팔꿈치까지 물속에 담그고는 작은 손을 뻗어 배에서 조금 떨어진 곳에 있는 골풀을 잡았다. 앨리스는 잠깐 양과 뜨개질은 까맣게 잊어버렸다. 그리고 헝클어진 머리카락 끝이 물속에 잠길 정도로 배 밖으로 몸을 구부렸다. 앨리스는 눈을 반짝거리며 향기로운 골풀을 한 송이씩 꺾었다.

"배가 뒤집히지 말아야 할 텐데! 아, 저기 진짜 예쁜 골풀이 있네. 그런데 손이 닿질 않아."

배가 미끄러져 나갈 때 앨리스는 가까스로 아름다운 골풀을 잔뜩 꺾을 수 있었다. 하지만 늘 손이 닿지 않는 곳에 좀 더 예쁜 골풀이 많은 듯했다. 그 때문에 앨리스는 조금 약이 올랐다. (앨리스는 '누가 일부러 그렇게 하는 것 같아' 하고 생각했다.) 앨리스는 고집불통처럼 멀리 떨어진 곳에서 자라고 있는 골풀을 보고 한숨을 내쉬며 말했다.

"가장 예쁜 건 언제나 가장 멀리 있다니까!"

어느새 앨리스의 뺨은 빨갛게 달아올랐고, 머리카락과 손에서는 물이 뚝뚝 떨어졌다. 앨리스는 제자리로 돌아와 새로 찾아낸 보물들을 정리하기 시작했다.

그런데 골풀은 꺾는 순간 바로 시들면서 향기와 아름다움을 잃어버리기 시작했다. 하지만 이런 사실이 그 순간의 앨리스에게 무슨 문제가 되었을까? 진짜 골풀도 향기가 아주 잠깐만 지속되는데, 하물며 이런 꿈속의 골풀은 앨리스의 발치에 쌓이자마자 눈처럼 녹아 없어지는 게 당연했다. 그렇지만 앨리스는 이것 말고도 신기한 게 넘치도록 많아 이런 사실을 눈치 채지 못했다.

얼마 안 가 한쪽 노가 물속에 박히더니 빠지지 않았다. (앨리스가 나중에 설명하기로는 그랬다.) 그러다 앨리스는 노의 손잡이 부분에 턱을 맞고 말았다. 가엾은 앨리스는 "아, 아, 아!" 하고 연거푸 소리를 질러댔지만 결국 자리에서 중심을 잃은 채 골풀 더미 위로 털썩 쓰러져 버렸다.

하지만 앨리스는 아무 데도 다치지 않았기에 얼른 일어났다. 양은 아무 일도 없다는 듯 뜨개질만 하고 있었다. 앨리스는 여전히 배 안에 있다는 사실에 안심하고 제자리로 돌아가려 했다. 그 순간 양이 말했다.

"멋진 게를 잡았구나!"

앨리스는 뱃전 너머로 캄캄한 물속을 조심스럽게 들여다보며 말했다.

"제가 그랬어요? 전 보지 못했는데요. 놓치지 말아야 했는데……. 작은 게를 잡아 집에 가져가고 싶어요!"

이 말에 양은 가소롭다는 듯이 미소를 지으며 뜨개질을 계속
했다.

앨리스가 물었다.

"여기 게가 많은가요?"

양이 대답했다.

"게 말고도 온갖 게 다 있지. 네가 마음만 먹으면 고를 건 쌔
고 쌨다. 자, 뭘 사고 싶니?"

"사요?"

놀라움과 두려움이 반반씩 섞인 앨리스의 목소리가 사방에
울려 퍼졌다. 그 순간 노와 배와 강은 감쪽같이 사라져버렸고,
앨리스는 다시 어두컴컴한 작은 가게로 돌아와 있었다.

앨리스가 소심하게 물었다.

"달걀 하나를 사고 싶어요. 얼마예요?"

양이 대답했다.

"한 개에 5펜스고, 두 개는 2펜스야."

앨리스는 지갑을 꺼내다가 놀란 목소리로 물었다.

"그럼 한 개보다 두 개가 더 싸요?"

양이 대답했다.

"네가 두 개를 산다면 둘 다 먹으면 돼."

앨리스는 계산대에 돈을 놓으며 말했다.

"그럼 한 개만 주세요."

앨리스는 속으로 생각했다.

'질이 안 좋을 수도 있잖아.'

양은 돈을 상자에 집어넣고 말했다.

"나는 손님 손에 물건을 건네주지 않아. 절대로 그렇게 안 하니까 네가 직접 가져가거라."

양은 그렇게 말하더니 가게 끝으로 가서 선반 위에 달걀을 똑바로 세워놓았다.

'대체 왜 저러는 거지?'

앨리스는 이렇게 생각하며 탁자와 의자 사이를 더듬거리며 선반 쪽으로 다가갔다. 가게 안은 끝으로 갈수록 어두워졌다.

'내가 저쪽으로 갈수록 달걀은 점점 더 멀어지는 것 같아. 어디 보자. 이게 의자인가? 어, 나뭇가지가 달려 있네! 여기서 나무가 자라다니 정말 이상한 일이야! 게다가 시냇물도 있잖아! 이렇게 희한한 가게는 태어나서 처음 보네!'

*　　　　*　　　　*　　　　*

*　　　　*　　　　*

*　　　　*　　　　*　　　　*

그렇게 앨리스는 계속 걸어갔다. 한 발짝 한 발짝 내디딜 때마다 궁금증은 커져만 갔다. 자신이 가까이 다가갈 때마다 모든 게 나무로 변하자 달걀도 그러지 않을까 생각하면서.

6장
험프티 덤프티

그러나 달걀은 점점 더 커지다가 사람 크기만큼 커졌다. 앨리스가 몇 미터 앞까지 다가가자 눈과 코, 입이 달려 있는 달걀이 보였다. 더 가까이 다가가 보니 그것은 바로 험프티 덤프티(영국 전래 동요에 나오는 등장인물로 달걀처럼 생겼다—옮긴이)였다.

앨리스는 혼잣말로 중얼거렸다.

"다른 사람일 리가 없어! 이름이 얼굴 전체에 대문짝만 하게 적힌 것처럼 확실히 알겠어!"

그 커다란 얼굴은 험프티 덤프티란 이름을 백 번이나 쓸 수 있을 만큼 넓적했다. 험프티 덤프티는 터키 사람처럼 책상다리를 한 채 높은 담장 위에 앉아 있었다. 담장 폭이 무척 좁았기에 험프티 덤프티가 어떻게 균형을 잡고 있는지 신기했다. 험프티 덤프티는 내내 반대 방향에만 시선이 꽂혀 있어서 앨리스가 다가오는 걸 눈치 채지 못했다. 앨리스는 험프티 덤프티가 꼭 봉제인형 같다고 생각했다.

앨리스는 험프티 덤프티가 금방이라도 떨어질 것 같아 두 손으로 받을 자세를 하고선 큰 소리로 말했다.

"어쩜 저렇게 달걀이랑 똑같이 생겼을까!"

오랫동안 입을 꾹 다물고 있던 험프티 덤프티가 앨리스에게 눈길도 돌리지 않고 말했다.

"정말 기분 나쁜 말이군. 달걀이라고 부르다니 정말 기분이 나빠!"

앨리스가 상냥하게 설명했다.

"저는 당신이 달걀을 닮았다고 말한 것뿐인데요."

그러고는 자기 말이 칭찬처럼 들리길 바라며 덧붙였다.

"예쁘게 생긴 달걀도 있잖아요."

험프티 덤프티는 계속 앨리스를 외면하며 말했다.

"어떤 사람들은 아기만큼이나 생각이 없다니깐!"

앨리스는 뭐라고 대꾸해야 할지 몰랐다. 게다가 이건 대화도 아니라고 생각했다. 험프티 덤프티가 앨리스에게 뭐라고 말한 것도 아니고, 사실 마지막 말은 분명 나무에 대고 한 것이었기 때문이다. 앨리스는 그 자리에 서서 부드러운 목소리로 시를 외웠다.

험프티 덤프티가 담장 위에 앉았네.

험프티 덤프티가 쿵 하고 떨어졌네.

왕의 말과 신하들이 모두 와도

험프티 덤프티를 제자리에 올려놓지 못했네.

앨리스는 험프티 덤프티가 들을 수 있다는 걸 깜빡 잊어버리고는 큰 소리로 덧붙였다.

"마지막 행은 시에 넣기엔 너무 길어."

험프티 덤프티가 처음으로 앨리스를 바라보며 입을 열었다.

"그렇게 서서 중얼거리지 말고 이름과 용건을 말해."

"제 이름은 앨리스지만……."

험프티 덤프티가 참을성 없이 급하게 끼어들었다.

"정말 바보 같은 이름이군! 무슨 뜻인데?"

앨리스는 고개를 갸우뚱하며 물었다.

"이름에 꼭 무슨 뜻이 있어야 해요?"

험프티 덤프티는 피식 웃으며 말했다.

"물론 있어야지. 내 이름은 내 생김새를 뜻해. 얼마나 잘생겼는지도 말해주지. 네 이름은 어떤 모양이든 다 될 수 있겠네."

앨리스는 말씨름을 하기 싫어 다른 질문을 꺼냈다.

"왜 여기서 혼자 앉아 계세요?"

험프티 덤프티가 큰 소리로 대답했다.

"그야 같이 앉을 사람이 없으니까 그렇지. 내가 그런 수수께끼도 못 풀 줄 알았어? 다른 걸 물어봐!"

앨리스는 다른 수수께끼를 내고 싶지는 않았지만 이 이상하게 생긴 존재를 걱정하는 마음에서 계속 물었다.

"땅 위에 있는 게 더 안전하지 않을까요? 이 담장은 폭이 너무 좁아요!"

험프티 덤프티는 화난 목소리로 땍땍거렸다.

"어쩜 이리 쉬운 수수께끼만 낼까! 당연히 난 그렇게 생각하지 않아! 글쎄 내가 떨어진다면, 물론 그럴 일은 없겠지만 혹시라도 그런다면……."

이 말을 하면서 험프티 덤프티는 입술을 오므렸다. 그 모습이 어찌나 엄숙하고 진지해 보이던지 앨리스는 웃음을 참느라 애를 먹었다.

험프티 덤프티가 계속해서 말을 이었다.

"왕이 내게 약속하셨지. 만약 네가 떨어진다면 마음대로 창백해져도 돼! 내가 이런 말을 할 줄 몰랐지, 안 그래? 왕이 당신 입으로 직접 내게 약속하시기를……."

앨리스가 조금 경솔하게 끼어들었다.

"말과 신하를 모두 다 보내주겠다고 약속하셨죠."

그러자 험프티 덤프티는 갑자기 버럭 화를 냈다.

"정말 나쁜 짓이야! 너 문 옆이나 나무 뒤에서, 아니면 굴뚝

을 타고 내려와 모두 엿듣고 있었
구나. 그게 아니라면 네가 그걸
어떻게 알 수 있지?"

앨리스는 아주 상냥하게 대답
했다.

"전 진짜 안 그랬어요. 책에 다
나오거든요."

이 말에 험프티 덤프티가 조금
누그러진 목소리로 말했다.

"아, 그래! 그런 말을 책에다 써놓을 수도 있겠구나. 그게 바
로 이른바 영국 역사라는 거야. 이제 날 잘 봐라! 바로 내가 왕

과 직접 대화를 나눈 사람이야. 난 그런 사람이라고. 아마 너는 나 같은 사람을 다신 볼 수 없을 거야. 하지만 난 거만하지 않으니 악수를 해도 좋아!"

험프티 덤프티는 입이 거의 귀에 걸릴 정도로 활짝 웃으며 몸을 앞으로 뻗어(그러다 하마터면 담장에서 떨어질 뻔했다) 손을 내밀었다. 앨리스는 조금 걱정스러운 눈길로 험프티 덤프티를 바라보며 그의 손을 잡았다.

'조금만 더 웃으면 양쪽 입 끝이 머리 뒤에서 만나겠는걸. 그러면 머리가 어떻게 될까? 머리가 확 떨어져 나오면 어쩌지!'

험프티 덤프티가 계속해서 말을 이었다.

"그래, 말과 신하들이 모두 와서 얼른 날 다시 올려줄 거야! 그런데 대화가 좀 빠르게 나가는군. 아까 하던 이야기 중 뒤에서 두 번째 이야기로 되돌아가자."

앨리스가 아주 공손하게 대답했다.

"기억이 잘 나지 않는데요."

험프티 덤프티는 말했다.

"그렇다면 새로 시작하자. 이번엔 내가 주제를 고를 차례야. (앨리스는 '꼭 게임인 것처럼 말하잖아' 하고 생각했다.) 자, 너한테 물어볼 질문이야. 너 몇 살이라고 했지?"

앨리스는 얼른 계산해보더니 대답했다.

"일곱 살 반이오!"

험프티 덤프티는 의기양양하게 소리쳤다.

"틀렸어! 넌 그런 말 한 적 없잖아!"

앨리스가 설명했다.

"전 '몇 살이냐'고 물어보신 줄 알았는데요."

험프티 덤프티가 대꾸했다.

"그런 뜻이었으면 그렇게 말했겠지."

앨리스는 또다시 말싸움을 하고 싶지 않아 그냥 잠자코 있었다.

험프티 덤프티는 사려 깊게 앨리스의 말을 따라 했다.

"일곱 살 반이라고? 참 불편한 나이네. 네가 내게 조언을 부탁했다면 난 이렇게 말했을 거야. '일곱 살에서 멈춰라.' 하지만 이제 너무 늦었어."

앨리스가 발끈 성질을 내며 대꾸했다.

"나이 먹는 것에 대해선 충고를 듣고 싶지 않아요."

험프티 덤프티가 받아쳤다.

"넌 너무 거만한 거 아니니?"

이 말에 앨리스는 더 화가 치밀었다.

"제 말은 나이 먹는 건 누구도 어쩔 수 없다는 뜻이에요."

험프티 덤프티가 말했다.

"혼자서는 못 하겠지. 하지만 둘이 힘을 합치면 할 수 있어. 제대로 된 도움만 받았으면 넌 일곱 살에서 멈출 수도 있었을 거야.”

갑자기 앨리스는 생뚱맞은 말을 꺼냈다.

“정말 예쁜 허리띠를 매셨네요!” (앨리스는 나이 이야기는 그만하면 충분하니 이젠 자신이 주제를 바꿀 차례라고 생각했다.)

그러고선 이어서 말했다.

“아니, 그게 아니라 아름다운 스카프라고요. 아니다, 허리띠 맞아요.”

앨리스는 당황해서 덧붙였다.

“죄송해요!”

험프티 덤프티의 표정을 보니 완전히 기분이 상한 것 같았다. 앨리스는 어쩔 줄 몰라 하면서 그런 주제를 고르지 않았다면 좋았을 거라고 생각했다.

'대체 어디가 목이고 어디가 허리야?'

험프티 덤프티는 잠깐 입을 꾹 다물고 있었지만 화가 머리끝까지 난 게 틀림없었다.

마침내 험프티 덤프티가 목소리를 깔고 투덜거리면서 말문을 열었다.

“이건 정말 기분 나쁜 말이야. 스카프와 허리띠도 구별 못 하다니!”

앨리스는 험프티 덤프티의 기분을 풀어주려고 매우 겸손하게 말했다.

"제가 너무 몰랐네요."

"얘야, 이건 스카프란다. 네 말대로 아름다운 스카프지. 하얀 왕과 여왕이 주신 선물이야! 자, 봐라!"

앨리스는 결국 좋은 주제를 선택한 것 같아 무척 기뻤다.

"정말이세요?"

험프티 덤프티가 생각에 잠긴 듯 다리를 꼬고 두 손을 무릎에 포개어놓은 채 말을 이었다.

"왕과 여왕이 이걸 주셨지. 그분들은 이걸 비(非)생일 선물로 주셨어."

앨리스는 고개를 갸우뚱하며 물었다.

"뭐라고요?"

험프티 덤프티가 대답했다.

"나 화 안 났어." (원문에서 앨리스는 'I beg your pardon'을 '뭐라고요', 즉 '다시 한 번 말씀해주세요'란 뜻으로 말했는데, 험프티 덤프티는 또 다른 뜻인 '죄송하다'로 받아들였다 — 옮긴이)

"제 말은요, 비생일 선물이 뭐냐고요?"

"물론 생일이 아닌 날 주는 선물이지."

앨리스는 잠깐 생각하다가 입을 열었다.

"저는 생일에 받는 선물이 제일 좋은데요."

이 말에 험프티 덤프티가 버럭 소리를 질렀다.

"모르는 소리 마라! 일 년이면 며칠이지?"

"365일이죠."

"그럼 네 생일은 몇 번 있지?

"한 번이오."

"365에서 1을 빼면 몇이 남지?"

"그야 물론 364죠."

험프티 덤프티는 못 미더워하는 표정을 지었다.

"종이에다 직접 계산한 걸 보는 게 좋겠다."

앨리스는 수첩을 꺼내면서도 웃음을 참을 수 없었다. 그렇지만 험프티 덤프티를 위해 계산을 해주었다.

$$\begin{array}{r} 365 \\ \underline{1} \\ 364 \end{array}$$

험프티 덤프트는 수첩을 집어 들고 유심히 바라보더니 말했다.

"계산은 맞게 한 것 같은데……."

앨리스가 불쑥 끼어들었다.

"수첩을 거꾸로 들고 계시잖아요!"

앨리스가 수첩을 똑바로 돌려놓자 험프티 덤프티는 명랑하게 말했다.

"정말 그랬네! 어쩐지 좀 이상하게 보인다 했지. 아까 말한

대로 계산은 맞게 한 것 같네. 꼼꼼하게 살펴볼 시간은 없었지만 말이야. 그렇다면 네가 비생일 선물을 받을 수 있는 날은 364일…….”

앨리스가 대답했다.

“그렇죠.”

“생일 선물을 받을 수 있는 날은 단 하루뿐이야. 영광스럽겠군!”

앨리스가 말했다.

“‘영광’이라니 무슨 말인지 모르겠어요.”

이 말에 험프티 덤프티는 깔보는 듯한 미소를 지었다.

“물론 내가 말해줄 때까지 넌 모르겠지. 그건 ‘너를 쓰러뜨린 말싸움’이란 뜻이야!”

앨리스가 따졌다.

“하지만 ‘영광’이란 말은 ‘상대방을 쓰러뜨린 말싸움’이란 뜻이 아닌데요.”

험프티 덤프티는 조금 비웃는 투로 말했다.

“내가 단어를 사용할 땐 그건 바로 내가 선택한 뜻만 있는 거야. 그 이상도 그 이하도 아니야.”

앨리스가 대꾸했다.

“문제는요, 아저씨가 단어를 그렇게 여러 뜻으로 쓸 수 있느냐는 거죠.”

험프티 덤프티가 대답했다.

"문제는 어느 쪽이 주인이냐는 거지. 그게 전부야."

어리둥절해진 앨리스는 뭐라고 대꾸해야 할지 몰랐다. 잠시 뒤 험프티 덤프티가 말을 이었다.

"단어들도 성질이 있어. 몇몇은 그렇지. 특히 동사가 가장 거만해. 형용사는 다른 것과도 같이 쓸 수 있지만 동사는 안 그렇거든. 하지만 나는 그 많은 동사를 모두 다룰 수 있어! 불가입성! 내 말이 바로 그거야!"

앨리스가 물었다.

"그게 무슨 뜻인지 설명해주실래요?"

험프티 덤프티는 매우 흡족한 표정을 지으면서 말했다.

"이제야 이성적인 아이처럼 말하는구나. '불가입성'이란 말은 우리가 그 주제를 충분히 이야기해봤으니 이제 네가 앞으로 뭘 할지 말하는 게 좋겠다는 뜻이야. 여기서 평생 머물 생각은 아닐 테니까."

앨리스는 생각에 잠겨 대답했다.

"한 단어 속에 그렇게나 깊은 뜻이 들어 있네요."

험프티 덤프티가 대답했다.

"한 단어에 그렇게 많은 일을 시킬 땐 꼭 특별수당을 지급한단다."

"아!"

어안이 벙벙해진 앨리스는 이 말밖에 할 수가 없었다.

험프티 덤프티는 진지하게 고개를 좌우로 흔들며 말을 계속했다.

"너도 토요일 밤에 단어들이 내게 수당을 받으러 오는 걸 봐야 하는데." (앨리스는 수당을 뭘로 지급하는지 물어볼 엄두가 나지 않았다. 그래서 나도 그게 뭔지 말해줄 수가 없다.)

"아저씨는 단어를 기가 막히게 잘 설명하시는 것 같아요. 그럼 〈재버워키〉라는 시의 뜻도 좀 가르쳐주실래요?"

험프티 덤프티가 대답했다.

"한번 들어보자. 난 이제껏 지어진 시들을 모두 설명할 수 있으니까. 아직 지어지지 않은 시들도 그렇고."

이 말이 매우 희망적으로 들렸기에 앨리스는 첫 연을 읊기 시작했다.

불필 때 끈적나긋한 토브들이
해시계밭에서 빙빙뱅뱅거리고 파뚫고 있네.
보로고브들은 하나같이 비냘프고
집 떤 래스들은 휘통쳤네.

"우선 그 정도면 충분해."
험프티 덤프티가 갑자기 끼어들었다.

"어려운 단어가 엄청나게 많구나. '불필 때'라는 말은 오후 네 시를 뜻하지. 저녁 식사를 준비하기 시작하는 때야."

"그럴듯하네요. 그럼 '끈적나긋'이라는 말은요?"

"음, '끈적나긋'이란 말은 '끈적끈적하고 나긋나긋하다'는 뜻이지. '나긋나긋하다'라는 말은 '활달하다'는 뜻이고. 이 단어는 합성어로 보면 돼. 한 단어에 두 가지 뜻을 섞어놓은 거야."

앨리스는 곰곰이 생각하며 물었다.

"이제 알겠어요. 그럼 '토브'는 뭐예요?"

험프티 덤프티가 말했다.

"'토브'는 오소리를 닮은 동물이야. 도마뱀하고도 비슷하고 코르크 마개 따개하고도 비슷해."

"아주 이상하게 생긴 동물이겠네요."

험프티 덤프티가 대답했다.

"진짜 그래. 게다가 해시계 밑에서 둥지를 틀고 치즈를 먹고 살아."

"그럼 '빙빙뱅뱅거리고'랑 '파뚫고 있네'는요?"

"'빙빙뱅뱅거리고'는 회전운동하는 물체처럼 빙글빙글 돈다는 뜻이야. '파뚫고 있네'는 나사송곳처럼 구멍을 뚫는다는 뜻이지."

"그럼 '해시계밭'은 해시계 주변의 풀밭을 뜻하는 건가요?"

앨리스는 자신의 영특함에 감탄하며 물었다.

"물론 그렇지. '해시계밭'으로 부르는 이유는 해시계 앞뒤로 길이 쭉 나 있어서 그래."

앨리스가 덧붙였다.

"양옆에도 길이 쭉 나 있어요."

"바로 그렇지. 그리고 '비냘프고'는 '비참하고 가냘프다'는 뜻이야. (이것도 합성어다.) 그리고 '보로고브'는 깃털이 사방으로 뻗어 있는 수척하고 초라하게 생긴 새야. 꼭 살아 있는 대걸레처럼 생겼어."

앨리스가 말했다.

"그렇다면 '집 떤 래스'는요? 제가 너무 귀찮게 하는 건 아닌지 모르겠어요."

"음, '래스'는 녹색 돼지의 일종이야. 하지만 '집 떤'은 나도 잘 모르겠네. '집에서 떠나온'을 줄여서 한 말이 아닐까. 길을 잃었다는 뜻인 것 같아."

"그럼 '휘통쳤네'는 무슨 뜻이죠?"

"'휘통쳤네'는 '휘파람 불다'와 '호통치다'의 중간쯤 되는 말인데, 재채기 같은 게 들어간 것 같아. 저 아래 숲에서 들을 수도 있어. 한 번만 들어도 충분할 거야. 그런데 누가 그렇게 어려운 시를 너한테 들려줬니?"

앨리스가 대답했다.

"책에서 읽었어요. 하지만 이것보다 훨씬 쉬운 시도 알고 있어요. 트위들디한테서 들은 것 같아요."

험프티 덤프티는 커다란 손 하나를 쭉 뻗으며 말했다.

"시라면 나도 다른 사람들만큼 잘 외울 수 있어. 시라면 말이지……."

앨리스는 험프티 덤프티가 시를 외우려는 걸 막으려고 얼른 덧붙였다.

"아, 그러실 필요 없어요!"

험프티 덤프티는 앨리스의 말에는 아랑곳하지 않은 채 말을 이었다.

"내가 외울 시는 오직 너만을 즐겁게 해주려고 지은 시야."

이 말에 앨리스는 어쩔 수 없다고 생각하며 자리에 앉았다. 그리고는 기분이 썩 좋지는 않은 목소리로 "고마워요"라고 말했다.

온 들판이 하얘지는 겨울이면

그대를 위해 이 노래를 불러줄게.

험프티 덤프티가 설명을 덧붙였다.

"내가 진짜로 노래를 부르진 않아."

앨리스가 대꾸했다.

"알았어요."

"내가 노래를 부를지 안 부를지를 지켜본다니 넌 누구보다도 예리한 눈을 가졌구나." (원문에서 앨리스가 말한 'I see'는 '알겠다'란 뜻인데, 험프티 덤프티는 '본다'는 뜻으로 잘못 알아들었다 ─옮긴이)

험프티 덤프티가 엄하게 말하자 앨리스는 입을 딱 다물었다.

숲이 푸르게 물드는 봄이면
내 말이 무슨 뜻인지 말해줄게.

앨리스가 말했다.
"정말 고마워요."

낮이 길어지는 여름이면
그대도 내 노래의 뜻을 알게 될 거야.

나뭇잎이 갈색으로 물드는 가을이면
펜과 잉크를 가져와 내 노래를 적어요.

앨리스가 말했다.
"그럴게요. 그걸 오랫동안 기억할 수 있다면요."
그러자 험프티 덤프티는 말했다.

"그렇게 계속 대꾸하지 않아도 돼. 도움도 안 되는 소리로 말을 자꾸 끊잖아."

나는 물고기에게 편지를 보냈어.
"내가 바라는 건 이것이라고."

바다의 작은 물고기들이
내게 답장을 보내왔지.

작은 물고기들이 대답했어.
"그렇게는 못 해요. 왜냐면요……."

앨리스가 또 말을 끊었다.
"이해가 잘 안 돼요."
험프티 덤프티가 대답했다.
"조금만 더 들어보면 알게 될 거야."

나는 다시 물고기들에게 편지를 보냈지.
"내 말을 따르는 게 좋을걸."

물고기들이 씩 웃으면서 대답했어.

"이런, 성질이 보통이 아니구나!"

그들에게 한 번 말하고, 두 번 말했지만
물고기들은 내 충고를 들으려고 안 했지.

나는 마땅히 해야 할 일을 위해
커다란 새 주전자를 가져왔지.

내 심장은 콩닥콩닥 뛰다가 쿵쿵 뛰었어.
나는 물을 길어다 주전자에 채웠지.

그때 누군가 내게 와서 말했어.
"작은 물고기들이 잠자리에 들었어요."

나는 그에게 말했어. 분명하게 말했지.
"그러면 물고기들을 다시 깨워야지."

나는 아주 크고 분명하게 말했어.
나는 가서 그의 귀에 대고 소리쳤지.

험프티 덤프티는 이 연을 외울 때 거의 비명에 가깝게 목청을

높였다. 앨리스는 몸서리를 치며 생각했다.

'난 절대로 어떤 말도 전하지 말아야지!'

하지만 그는 아주 거만하고 고집스러웠어.

그는 "그렇게 크게 소리칠 필요는 없어요!" 하고 말했지.

그는 아주 거만하고 고집스러웠어.

그는 말했지. "내가 가서 깨울게요. 만약⋯⋯."

나는 선반에서 코르크 마개 따개를 가져와

직접 물고기들을 깨우러 갔지.

나는 문이 잠겨 있는 걸 발견하고는

문을 밀고 당기고 차고 두드렸어.

문이 잠긴 걸 알고는

손잡이를 돌려보았지만…….

그러고는 긴 침묵이 이어졌다.

마침내 앨리스가 조심스럽게 물었다.

"그게 다예요?"

험프티 덤프티가 대답했다.

"그래, 그게 다야. 잘 가."

앨리스는 시가 너무 갑작스럽게 끝났다고 생각했다. 하지만
'잘 가'라고 분명히 말했는데도 계속 머무는 건 예의가 아닌 듯
했다. 그래서 자리에서 일어나 손을 내밀며 되도록 명랑하게
말했다.

"그럼 다시 만날 때까지 안녕히 계세요!"

험프티 덤프티는 손가락 하나를 내밀고 흔들면서 불만스러
운 어조로 말했다.

"다시 만난다 해도 널 알아보진 못할 거야. 넌 다른 사람들하고 똑같이 생겼잖아."

앨리스는 친절하게 대답했다.

"대개는 얼굴을 보면 알아볼 수 있어요."

"바로 그게 마음에 안 들어. 네 얼굴은 다른 사람하고 똑같잖아. 눈도 두 개고 또…… (엄지손가락으로 허공에 그림을 그리면서) 가운데 코가 있고, 그 밑에 입이 있지. 다들 생김새가 똑같아. 만약 두 눈이 코 옆에 붙어 있다거나 맨 꼭대기에 입이 있다거나 하면 알아보기 쉬울 텐데."

앨리스가 반박했다.

"그럼 이상해 보일 거예요."

험프티 덤프티는 눈을 감고 말했다.

"해보지도 않고 어떻게 알아?"

앨리스는 험프티 덤프티가 다시 말을 할까 봐 잠시 기다렸다. 하지만 그는 눈을 뜨지 않았고 앨리스를 거들떠보지도 않았다. 앨리스는 "안녕히 계세요!" 하고 다시 한 번 인사했지만 끝내 아무런 대답도 듣지 못한 채 조용히 자리를 떠야 했다.

앨리스는 걸어가면서 중얼거렸다.

"지금껏 만난 모든 불만족스러운 사람 가운데서……." (앨리스는 그렇게 긴 단어를 말하고 나니 기분이 한결 나아져서 다시 한 번 큰 소리로 말했다.)

"지금껏 만난 모든 불만족스러운 사람 가운데서……."

앨리스는 결국 이 문장을 끝내지 못했다. 그 순간 뭔가가 세게 충돌하는 소리가 숲 전체를 뒤흔들어놓았기 때문이다.

7장
사자와 전설의 유니콘

바로 그때 병사들이 숲에서 달려 나왔다. 처음에는 두세 명씩 나오더니 다음에는 열 명, 스무 명씩 나타났고 나중에는 떼거리로 몰려나와 숲 전체를 가득 메우는 듯 보였다. 앨리스는 병사들의 발에 밟힐까 봐 겁이 나서 나무 뒤에 숨어 그들이 행군하는 모습을 지켜보았다.

앨리스는 이들처럼 발밑을 살피지 않는 병사들은 태어나서 처음 본다고 생각했다. 병사들은 툭하면 뭔가에 걸려 넘어지기 일쑤였고 하나가 쓰러지면 여럿이 그 위로 엎어졌다. 그래서 순식간에 땅바닥은 엎어진 병사들로 가득 찼다.

그다음에는 말들이 나타났다. 다리가 네 개인 말들은 병사들보단 조금 나았지만 이따금 비틀거리긴 마찬가지였다. 무슨 규칙이라도 되는 듯이 말이 비틀거릴 때마다 병사들도 곧바로 땅바닥에 내동댕이쳐졌다. 게다가 상황은 점점 더 심해졌다. 앨리스는 숲에서 빠져나와 마침내 확 트인 곳에 이르자 뛸 듯이 기뻤다. 그곳에서는 하얀 왕이 땅바닥에 앉아 수첩에 뭔가를 열심히 적고 있었다.

하얀 왕이 앨리스를 보자 기뻐하며 소리쳤다.

"내가 병사들을 다 보낸 거란다! 애야, 너 숲 속에서 나올 때 병사들을 보지 못했니?"

앨리스가 대답했다.

"네, 보았어요. 몇천 명은 되는 것 같던데요."

이 말에 하얀 왕이 수첩을 보면서 말했다.

"정확히 사천이백칠 명이지. 말은 다 보낼 수 없었어. 두 마리는 경기에 필요하니까. 그리고 전령 둘도 뺐어. 둘 다 마을에 가 있거든. 길을 살펴보다가 하나라도 보이면 알려다오."

앨리스가 말했다.

"길에는 아무도 안 보여요."

그러자 하얀 왕이 신경질적으로 말했다.

"나도 그런 눈을 가졌으면. '아무도'를 볼 수 있다니! 그 거리에서 말이야! 난 이 정도 밝기에서는 진짜 사람들밖에 볼 수가 없는데!" (원문에서 앨리스는 '아무도 안 보여요I see nobody'라고 말했는데, 왕은 앨리스가 '아무도nobody'를 보고 있다는 뜻으로 받아들였다

—옮긴이)

앨리스는 눈이 부셔 한 손으로 햇빛을 가린 채 길을 유심히 살펴보느라 왕의 말이 들리지 않았다.

마침내 앨리스가 소리쳤다.

"누군가 와요! 아주 천천히 오는데요. 그런데 정말 이상한 자세를 하고 있어요!" (전령은 커다란 두 손을 양쪽으로 부채처럼 펼친 채 깡충깡충 뛰다가 뱀장어처럼 몸을 꿈틀거리며 오고 있었다.)

하얀 왕이 말했다.

"이상하긴. 저 사람은 앵글로색슨족 전령이야. 저건 앵글로색슨족의 전형적인 자세지. 기쁠 때만 저런 자세를 하지. 이름은 헤이어야." (왕은 '헤이어Haigha'를 '메이어(mayor, 잉글랜드와 웨일스, 북아일랜드에서 선출한 시장—옮긴이)'와 운을 맞추듯 발음했다.)

앨리스는 자기도 모르게 말장난을 시작했다.

"나는 'ㅎ'으로 시작하는 내 사랑을 좋아해요. 왜냐하면 그는 행복하니까. 나는 'ㅎ'으로 시작하는 사람을 싫어해요. 왜냐하면 그는 흉측하니까요. 나는 그에게 햄 샌드위치와 호빵을 먹였어요. 그의 이름은 헤이어고요, 집은⋯⋯."

앨리스가 'ㅎ'으로 시작하는 마을을 찾느라 잠깐 머뭇거리는 동안 왕은 자기가 첫말 잇기 놀이에 참가하고 있다는 사실도 깨닫지 못한 채 불쑥 대답했다.

"그는 해수욕장에서 살지. 또 다른 전령은 이름이 하타(모자

장수)야. 알다시피 나는 오가는 데 두 사람이 필요해. 한 명은 오고 한 명은 가고."

앨리스가 말했다.

"죄송하지만 뭐라고 그러셨어요?"

하얀 왕이 말했다.

"부탁하는 건 점잖은 행동이 아냐."

앨리스가 말했다.

"전 단지 이해하지 못했다는 뜻이었어요. 왜 한 사람은 오고 한 사람은 가야 하죠?"

하얀 왕이 참지 못하겠다는 듯이 되풀이했다.

"말했잖아! 가서 가져오려면 두 명이 필요하다고. 하나는 가고 하나는 가져와야 하니까."

바로 그때 전령이 도착했다. 전령은 너무 숨이 차서 한 마디도 못 하고 팔만 휘저으면서 가엾은 하얀 왕에게 무시무시한 표정을 지어 보였다.

"이 꼬마 숙녀분은 네 이름이 'ㅎ'으로 시작해서 널 좋아한다는구나."

하얀 왕은 전령이 자기한테서 관심을 돌리길 바라는 마음에서 앨리스를 소개했다. 하지만 소용없었다. 전령은 커다란 눈동자를 이쪽저쪽으로 마구 굴려대며 점점 더 이상한 앵글로색슨식 자세를 취하고 있었다.

하얀 왕이 말했다.

"넌 날 놀라게 하는구나! 기절할 것 같다. 햄 샌드위치를 꺼
내라!"

이 말에 전령은 목에 걸고 있던 자루를 열더니 샌드위치 하나
를 꺼내 왕에게 건네주었다. 하얀 왕은 샌드위치를 게걸스럽게
먹어치웠다. 그 모습을 지켜보던 앨리스는 깜짝 놀랐다.

하얀 왕이 소리쳤다.

"샌드위치 하나 더!"

전령이 자루를 들여다보더니 대답했다.

"이제 남은 건 마른 풀밖에 없어요."

하얀 왕은 기어들어 가는 목소리로 속삭였다.

"그럼 마른 풀이라도 줘."

마른 풀을 먹고 기운을 차린 왕을 보자 앨리스는 기분이 좋아졌다.

하얀 왕이 마른 풀을 우적우적 씹으며 앨리스에게 말했다.

"힘이 없을 땐 마른 풀만 한 게 없지."

앨리스가 말했다.

"제 생각에는 차가운 물을 끼얹는 게 더 좋을 것 같아요. 아니면 탄산 암모니아수나."

하얀 왕이 대꾸했다.

"더 좋은 게 없다곤 하지 않았어. 그것만 한 게 없다고 했지."

그 말에 앨리스는 아니라고 할 수가 없었다.

하얀 왕이 마른 풀을 더 달라고 전령에게 손을 내밀면서 물었다.

"오면서 누굴 지나쳤지?"

전령이 대답했다.

"아무도요."

"그래. 이 꼬마 아가씨도 '아무도'를 보았다고 하더군. 물론 아무도는 너보다 걸음이 느린가 보군."

전령이 뾰로통하게 말했다.

"전 온 힘을 다했습니다. 저보다 발걸음이 빠른 사람은 아무도 없을 겁니다!"

하얀 왕이 말했다.

"그렇겠지. 안 그랬으면 아무도가 여기에 먼저 도착했을 테니까. 이제 한숨을 돌린 모양이니 마을에서 일어난 일을 말해봐라."

전령은 손을 나팔 모양으로 만들어 하얀 왕의 귀에 가까이 대면서 말했다.

"귓속말로 할게요."

앨리스도 마을 소식이 궁금했던 터라 아쉬웠다. 하지만 전령은 귓속말을 하는 대신 자기가 낼 수 있는 가장 큰 소리로 고함을 질렀다.

"그들이 또 그러고 있어요!"

하얀 왕은 그 자리에서 펄쩍 뛰어오르더니 몸을 부르르 떨면서 소리쳤다.

"이게 귓속말이냐? 또 한 번 이런 짓을 하다간 얻어터질 줄 알아라! 머릿속에 지진이 난 줄 알았다!"

앨리스는 속으로 생각했다.

'아주 작은 지진이었겠네!'

그러고는 물었다.

"누가 또 그러고 있었다고요?"

하얀 왕이 대답했다.

"그야 물론 사자와 유니콘이지."

앨리스가 물었다.

"왕관을 놓고 싸우는 건가요?"

"그래, 그런 게 분명해. 그리고 가장 웃긴 건 그게 내 왕관이라는 거지! 어서 가서 구경 좀 하자."

앨리스는 하얀 왕과 함께 뛰면서 옛 노랫말을 읊었다.

사자와 유니콘이 왕관을 놓고 싸우고 있었어.

사자가 마을을 돌면서 유니콘을 때렸지.

어떤 이들은 그들에게 하얀 빵을 주었고, 어떤 이들은 갈색 빵을 주었지.

또 어떤 이들은 자두 케이크를 주고는 북을 쳐서 그들을 마을에서 쫓아냈지.

달리느라 숨이 찬 앨리스는 간신히 물었다.

"이긴 쪽이…… 왕관을…… 차지하나요?"

하얀 왕이 대답했다.

"맙소사, 아니! 그게 무슨 말 같지도 않은 소리냐?"

앨리스는 조금 더 달린 뒤에 숨을 헐떡이며 물었다.

"숨 좀…… 돌리게 일 분만…… 쉬면 안 될까요?"

하얀 왕이 말했다.

"나는 마음씨가 정말 좋아. 하지만 힘이 없어. 너도 알다시피 일 분은 무섭게 빨리 지나간단다. 차라리 밴더스내치(턱으로 먹잇감을 빠르게 낚아채는 가공의 생물―옮긴이)를 멈추게 하는 편이 나아!"

앨리스는 숨이 차서 더는 말할 수가 없었다. 그래서 앨리스 일행은 말없이 빨리 걷기만 했다. 이윽고 떼거리로 모인 군중 속에서 사자와 유니콘이 싸우는 모습이 보였다. 그들 주변에는 먼지가 풀풀 날려 처음엔 누가 누군지 분간되지 않았다. 하지만 곧 뿔을 보고 겨우 유니콘을 알아볼 수 있었다.

그들은 또 다른 전령인 하타 가까이에 자리를 잡았다. 하타는 한 손에는 찻잔을, 또 다른 손에는 버터 바른 빵 한 조각을 들고 싸움 구경을 하고 있었다.

헤이어가 앨리스에게 속삭였다.

"저 사람은 이제 막 감옥에서 풀려났는데, 감옥에 들어갈 때 미처 차를 다 마시지 못했어. 감옥에서는 굴 껍데기밖에 안 준대. 그러니 얼마나 배가 고프고 목이 마르겠어."

헤이어는 하타의 목을 다정하게 껴안으며 말했다.

"이보게나, 잘 있었는가?"

하타는 뒤를 돌아보고 고개를 끄덕이더니 다시 버터 바른 빵을 먹었다.

헤이어가 물었다.

"그래, 감옥에서는 괜찮았나?"

하타가 다시 한 번 돌아보았는데, 뺨으로 눈물이 한두 방울 뚝 떨어졌다. 하지만 여전히 입은 열지 않았다.

헤이어가 못 참겠다는 듯이 소리쳤다.

"말을 하란 말이야!"

그래도 하타는 빵을 우적우적 씹으면서 차만 홀짝대고 마실 뿐이었다.

하얀 왕이 소리쳤다.

"얼른 말하지 못해! 싸움은 어떻게 돼가고 있어?"

하타는 커다란 빵 한 조각을 필사적으로 꿀꺽 삼키고는 목 멘 소리로 말했다.

"아주 잘하고 있어요. 모두 각각 여든일곱 번씩 쓰러졌어요."

앨리스가 용기 내어 물었다.

"그러면 사람들이 곧 하얀 빵과 갈색 빵을 갖고 오겠네요?"

하타가 말했다.

"벌써 준비돼 있어. 내가 먹고 있는 게 바로 그 빵 조각이야."

바로 그때였다. 사자와 유니콘이 잠깐 싸움을 멈추더니 숨을 헐떡이며 바닥에 주저앉았다. 그러자 하얀 왕이 소리쳤다.

"간식 시간을 십 분 준다!"

헤이어와 하타가 곧바로 하얀 빵과 갈색 빵이 든 쟁반을 들고 돌아다녔다. 앨리스도 한 조각 집어 들고 맛을 보았는데 아주 퍽퍽했다.

하얀 왕이 하타에게 말했다.

"오늘은 더는 싸울 것 같지 않구나. 가서 북을 치라고 해라."

그러자 하타가 메뚜기처럼 폴짝폴짝 뛰어갔다.

앨리스는 잠시 아무 말 없이 하타를 지켜보다가 갑자기 표정이 밝아졌다. 그러고는 어딘가를 열심히 가리키며 소리쳤다.

"보세요, 보세요! 저기 하얀 여왕이 들판을 가로질러 오고 있어요! 마치 저쪽 숲에서 날아오는 것 같아요. 여왕들은 정말 발이 빠르네요!"

하얀 왕은 뒤도 돌아보지 않고 말했다.

"분명히 적에게 쫓기고 있을 거다. 저 숲에는 적들이 우글대고 있거든."

하얀 왕이 너무도 태연하게 말하자 앨리스는 깜짝 놀랐다.

"그럼 얼른 가서 도와주셔야죠!"

"그럴 필요 없어! 여왕은 엄청나게 빨리 달리니까. 밴더스내치를 잡는 게 더 나을걸! 하지만 원한다면 여왕에 대해 기록해 둘게. 여왕은 정말 소중하고 착한 존재니까."

하얀 왕은 수첩을 펼치며 중얼거렸다.

"존재에 'ㅈ'이 두 개 들어가는 게 맞나?"

바로 그때 유니콘이 두 손을 주머니에 넣은 채 어슬렁거리며 다가왔다. 유니콘은 지나가면서 하얀 왕을 힐끗 쳐다보고 말했다.

"이번엔 최고로 잘했죠?"

하얀 왕이 약간 불안해하며 대답했다.

"조금…… 조금은……. 하지만 뿔로 사자를 찌르지 말았어야지."

유니콘이 태연하게 말했다.

"그래도 다치진 않았잖아요."

이 말을 하면서 하얀 왕을 지나쳐가던 유니콘의 시선이 앨리스에게 꽂혔다. 유니콘은 곧바로 돌아서서 아주 혐오스럽다는 듯 한동안 앨리스를 바라보더니 물었다.

"이건…… 뭐지?"

헤이어는 앞으로 나와 앵글로색슨식으로 두 손을 앨리스 쪽으로 쭉 펼치며 앨리스를 소개했다.

"이건 어린아이야! 오늘 발견했어. 실물 크기인 데다 두 배는 더 자연스러워!"

유니콘이 말했다.

"난 어린아이는 전설에 나오는 괴물인 줄로만 알았지. 이건 살아 있나?"

헤이어가 진지하게 대답했다.

160

"말도 할 줄 알아!"

유니콘은 꿈을 꾸는 듯한 눈빛으로 앨리스를 바라보다가 말했다.

"얘야, 말 좀 해봐."

앨리스는 자기도 모르게 입꼬리가 올라가며 웃음이 났다.

"나도 유니콘은 전설 속 괴물인 줄로만 알았어. 살아 있는 유니콘은 처음 봤어."

유니콘이 말했다.

"그럼 이제 우리 서로 본 거니까 네가 날 믿으면 나도 널 믿을게. 됐지?

"마음대로 해."

유니콘이 하얀 왕에게 시선을 돌리며 말했다.

"이봐요, 영감! 자두 케이크를 가져와요. 당신의 갈색 빵 말고요!"

하얀 왕이 투덜거리며 헤이어에게 신호를 했다.

"알았어, 알았다고! 자루를 열어! 어서! 그거 말고. 거긴 마른 풀만 잔뜩 들었잖아!"

헤이어는 자루에서 커다란 케이크를 꺼내 앨리스한테 들고 있으라고 하고는 접시와 칼을 꺼냈다. 자루에서 그것들이 다 어떻게 나왔는지는 모르겠지만 마치 마술을 부리는 듯했다.

그러는 사이 사자도 끼어들었다. 사자는 매우 피곤하고 졸린 표정에다 눈도 반쯤 감겨 있었다. 사자는 눈을 끔벅거리며 앨리스를 바라보고는 커다란 종이 울리는 듯한 굵고 공허한 목소리로 말했다.

"이건 뭐야?"

유니콘이 신이 나서 소리쳤다.

"이게 뭘까? 넌 짐작도 하지 못할걸! 나도 몰랐거든!"

사자가 피곤한 기색으로 앨리스를 바라보며 말끝마다 하품을 해댔다.

"넌 동물이야? 식물이야? 아니면 광물이야?"

앨리스가 대답하기 전에 먼저 유니콘이 소리쳤다.

"전설 속 괴물이야."

사자가 엎드려 앞발에 턱을 괴고 말했다.

"괴물아, 자두 케이크 좀 다오."

(그러더니 하얀 왕과 유니콘에게 말했다.)

"둘 다 이리 앉아. 케이크를 공평하게 나눠야 하니까!"

하얀 왕은 두 동물 사이에 앉게 돼 몹시 불편해 보였지만 다른 자리가 없었다.

유니콘이 음흉한 눈빛으로 왕관을 바라보며 말했다.

"왕관을 가지려면 지금 싸울 수도 있어!"

이 말에 가엾은 하얀 왕은 머리를 미친 듯이 흔들어대고 몸을 바들바들 떨었다.

사자가 말했다.

"내가 쉽게 이길걸."

유니콘이 말했다.

"뭐, 생각이야 자유지."

사자가 발끈하며 몸을 반쯤 일으켰다.

"이 겁쟁이야. 내가 온 마을을 돌면서 널 두들겨 팼잖아!"

하얀 왕이 다툼을 막으려고 끼어들었다. 잔뜩 겁에 질렸는지 하얀 왕의 목소리가 심하게 떨렸다.

"온 마을이라고? 그건 꽤 먼 거린데. 오래된 다리나 시장은 지나가 봤어? 오래된 다리 옆이 경치는 가장 좋아."

사자는 다시 엎드리면서 으르렁거렸다.

"난 잘 모르겠던데. 먼지가 풀풀 날려 잘 안 보였어. 케이크를 자른다더니 괴물은 뭐하는 거야!"

앨리스는 작은 개울가에 앉아 무릎 위에 커다란 접시를 올려놓은 채 부지런히 케이크를 잘랐다. 앨리스가 사자에게 말했다. (이제는 괴물이라고 불리는 게 아무렇지도 않았다.)

"에잇, 짜증 나! 아무리 잘라내도 다시 붙어버리잖아!"

유니콘이 대꾸했다.

"넌 거울 나라의 케이크 자르는 방법도 모르니? 먼저 나눠주고 잘라야지."

앨리스는 얼토당토않은 소리라고 생각했다. 하지만 순순히 자리에서 일어나 접시를 돌렸다. 그러자 케이크가 저절로 세 조각으로 나뉘었다. 앨리스가 빈 접시를 들고 제자리로 돌아오자 사자가 말했다.

"이제 잘라봐."

앨리스가 칼을 손에 들고 쩔쩔매는데 유니콘이 버럭 소리를 질렀다.

"이건 불공평하잖아! 괴물이 사자한테 내 것보다 두 배나 많이 줬단 말이야!"

사자가 말했다.

"어쨌든 괴물이 자기 건 안 챙겼잖아. 너 자두 케이크 좋아하니?"

앨리스가 미처 대답하기 전에 북소리가 들려왔다. 어디서 나는지는 알 수 없었지만 사방이 북소리로 가득 차 머릿속이 울려대고 귀가 먹먹해질 정도였다. 앨리스는 놀라서 벌떡 일어나 작은 개울을 껑충 뛰어넘었다.

*　　　*　　　*　　　*

*　　　*　　　*

*　　　*　　　*　　　*

바로 그때 사자와 유니콘이 케이크를 먹는 걸 방해받은 데 화가 나서 일어서는 모습이 보였다. 앨리스는 땅바닥에 무릎을 꿇고 앉아 손으로 귀를 막으며 무시무시한 소음을 떨쳐내려 했

다. 하지만 아무 소용이 없었다.

앨리스는 속으로 생각했다.

'저런 북소리로도 저들을 마을에서 쫓아내지 못한다면 그 어
떤 걸로도 할 수 없을 거야.'

8장
"그건 내가 발명한 거야"

북소리가 차츰 잦아들더니 잠시 뒤 적막이 감돌았다. 앨리스는 놀라 고개를 들었지만 아무도 보이지 않았다. 처음엔 사자와 유니콘 그리고 그 이상한 앵글로색슨족 전령이 모두 꿈이었나 싶었다. 하지만 발밑에 자두 케이크를 잘라서 담으려 했던 커다란 접시가 놓여 있었다.

"꿈이 아니었어. 꿈이었다면 우리 모두 같은 꿈속에 있었던 거야. 이게 붉은 왕의 꿈이 아니라 내 꿈이라면 좋겠어! 난 다른 사람 꿈에 나오긴 싫어."

앨리스는 투덜대며 말을 이었다.

"용감하게 가서 붉은 왕을 깨운 뒤 무슨 일이 벌어지는지 봐야겠어!"

바로 그때 "야호, 야호, 체크!" 하고 외치는 소리가 들려왔다. 붉은색 갑옷을 차려입은 기사가 커다란 곤봉을 휘두르며 말을 타고 달려오고 있었다. 붉은 기사는 앨리스 앞에 다가서자 갑자기 말을 멈추었다. 그러고는 말에서 떨어지며 소리쳤다.

"넌 내 포로다!"

앨리스는 말에서 떨어진 붉은 기사의 모습을 보고 더 놀라서 그 기사가 다시 말에 오를 때까지 걱정스러운 눈길로 지켜보았다.

붉은 기사는 안장에 편안하게 앉자마자 말했다.

"넌 내……."

그때 "야호! 야호! 체크!"라고 말하는 또 다른 목소리가 들려왔다. 깜짝 놀란 앨리스는 새로 나타난 적을 찾으려고 주변을 둘러보았다.

이번에는 하얀 기사였다. 하얀 기사는 앨리스 쪽으로 다가와 붉은 기사처럼 말에서 떨어졌다가 다시 말에 올라탔다. 두 기사는 잠시 아무 말 없이 서로 바라보았다. 앨리스는 어리둥절한 표정으로 두 기사를 번갈아 쳐다보았다.

드디어 붉은 기사가 입을 열었다.

"저 애는 내 포로다. 알겠느냐!"

하얀 기사가 대꾸했다.

"그래. 하지만 내가 와서 저 아이를 구했다!"

"그렇다면 싸워서 이긴 사람이 저 아이를 차지하자."

붉은 기사는 이렇게 말하며 투구를 들어올려(투구는 말안장에 매달려 있었는데 말 머리 모양이었다) 머리에 썼다.

하얀 기사도 투구를 쓰며 말했다.

"물론 결투 규칙은 잘 알고 있겠지?"

붉은 기사가 말했다.

"난 언제나 규칙을 지켜."

두 기사가 너무 격렬하게 달려드는 바람에 앨리스는 고래 싸움에 새우 등 터지는 신세가 될까 봐 두려워 나무 뒤에 숨었다. 앨리스는 고개만 빠끔히 내밀고 싸움을 지켜보며 중얼거렸다.

"결투의 규칙이 뭔지 궁금해. 첫 번째 규칙은 '한 기사가 상대 기사를 치면 맞은 기사는 말에서 떨어지고, 만약 그 기사가 피하면 자신이 떨어진다'인 것 같아. 두 번째 규칙은 '펀치와 주디(영국 인형극에 나오는 주인공 이름 ― 옮긴이)'처럼 팔로 곤봉을 잡고 있는다'인 것 같아. 떨어질 때 나는 소리가 엄청나게 크네! 꼭 부지깽이들이 한꺼번에 우르르 난로 망에 떨어지는 소리 같아! 말들은 어쩜 저리 얌전할까? 기사들이 오르락내리락하면서 탁자 취급을 해도 가만히 있잖아!"

앨리스가 알아채지 못한 또 하나의 규칙이 있었다. 그것은 기사가 말에서 떨어질 때 머리부터 땅바닥에 박는다는 것이었

다. 결투는 두 기사가 땅으로 나란히 떨어지면서 끝났다. 두 기사는 일어나서 악수를 했다. 그런 다음 붉은 기사는 말을 타고 떠났다.

하얀 기사가 말에 올라타서 숨을 헐떡이며 말했다.

"영광스러운 승리였지?"

앨리스는 탐탁지 않다는 듯이 대답했다.

"잘 모르겠어요. 전 누구의 포로도 되고 싶지 않아요. 여왕이 되고 싶거든요."

하얀 기사가 말했다.

"다음 개울을 건너면 그렇게 될 거야. 나는 너를 숲 끝까지 안전하게 바래다주고 나서 돌아와야 해. 거기까지가 내 수의 끝이야."

앨리스가 대답했다.

"정말 고맙습니다. 제가 투구 벗는 일 좀 도와드릴까요?"

투구를 벗는 일은 하얀 기사가 혼자서 하기에는 버거워 보였다. 앨리스는 하얀 기사의 몸을 흔들어 간신히 투구를 벗겨냈다.

하얀 기사가 말했다.

"이제 좀 숨을 쉴 수 있겠어."

하얀 기사는 두 손으로 덥수룩한 머리카락을 뒤로 쓸어넘기더니 크고 온화한 눈으로 앨리스를 편안하게 바라보았다.

앨리스는 그렇게 이상한 모습의 기사는 태어나서 처음 보왔다.

하얀 기사는 몸에 맞지도 않는 양철 갑옷을 입고 있었다. 그리고 어깨에는 이상하게 생긴 작은 나무상자가 뚜껑이 열린 채 거꾸로 매달려 있었다. 앨리스는 호기심에 가득 찬 눈길로 상자를 바라보았다.

하얀 기사가 다정한 목소리로 말했다.

"내 작은 상자가 마음에 드는가 보구나. 이건 내가 직접 발명한 거야. 이 안에 옷과 샌드위치를 넣고 다닌단다. 비가 들어가지 않게 거꾸로 매달고 다니지."

앨리스도 상냥하게 말했다.

"그럼 물건들이 다 쏟아져 나오잖아요. 뚜껑이 열린 줄 모르셨어요?"

하얀 기사는 속상한 표정을 지으며 말했다.

"몰랐어. 그럼 물건들이 죄다 쏟아졌겠구나! 넣을 게 없으면 상자가 무슨 소용이람."

하얀 기사는 상자를 풀어 수풀 속으로 던져버리려다가 갑자기 무슨 마음이 들었는지 조심스럽게 나무에 걸었다.

하얀 기사가 물었다.

"내가 왜 이러는지 알겠니?"

앨리스는 고개를 가로저었다.

"혹시나 벌들이 와서 저 안에다 벌집을 짓지 않을까 해서. 그러면 꿀을 딸 수 있잖아."

"벌집, 아니 그 비슷한 걸 안장에 매달고 계시잖아요."

하얀 기사가 불만스럽다는 듯이 말했다.

"이건 아주 좋은 벌집이지. 그런데 눈을 씻고 봐도 근처에 오는 벌은 한 마리도 없더군. 그 옆에 있는 건 쥐덫이란다. 쥐 때문에 벌이 못 들어오는 건지, 아니면 벌 때문에 쥐가 안 잡히는 건지 어느 쪽인지는 모르겠어."

앨리스가 물었다.

"안 그래도 쥐덫을 왜 달고 계시는지 궁금하던 참이에요. 쥐가 말 등에 올라올 것 같지는 않은데요."

"그렇지. 하지만 혹시라도 올라온다면 쥐들이 사방 천지로 뛰어다니게 할 순 없잖아."

하얀 기사는 조금 있다가 다시 말했다.

"모든 상황에 대비하는 게 좋아. 말이 발목 장식품을 찬 것도 다 그런 이유에서란다."

궁금해진 앨리스가 물었다.

"뭐 때문에 차는 건데요?"

하얀 기사가 대답했다.

"상어에게 물릴까 봐 채워놨어. 이건 내가 직접 발명한 거야. 말에 오르는 걸 좀 도와다오. 숲 끝까지 데려다 줄게. 근데 그 접시는 어디다 쓸 거니?"

"자두 케이크 담았던 거예요."

"그걸 가져가는 게 좋겠다. 자두 케이크를 찾으면 쓸모가 있을 거야. 이 자루 안에 넣게 도와주렴."

앨리스는 자루를 잘 벌리고 있었지만 하얀 기사의 솜씨가 서툴러 접시를 넣는 데 시간이 오래 걸렸다. 처음 두세 번은 하얀 기사 자신이 대신 자루에 들어갈 뻔하기도 했다. 마침내 하얀 기사가 접시를 집어넣고는 말했다.

"자루가 아주 빵빵해졌어. 이 안에 촛대가 잔뜩 들어 있거든."

그러면서 그는 자루를 안장에 매달아놓았다. 안장에는 이미 당근 다발과 부지깽이 같은 물건이 주렁주렁 매달려 있었다.

하얀 기사가 출발하면서 말했다.

"머리를 잘 묶는 게 좋겠다!"

앨리스가 웃으면서 대답했다.

"평소대로 했는데요."

하얀 기사는 걱정스럽게 말했다.

"그것으론 충분하지 않아. 여기는 바람이 아주 매섭거든. 마치 굶주린 하이에나의 눈빛처럼 매섭지."

앨리스가 물었다.

"혹시 머리카락이 날리지 않게 하는 것도 발명한 적이 있으세요?"

하얀 기사가 대답했다.

"아직은 아니야. 하지만 머리카락이 빠지지 않게 하는 건 발명한 적이 있지."

"어떤 건지 얼른 듣고 싶어요."

하얀 기사가 말했다.

"우선 곧은 막대기가 필요해. 그런 다음 머리카락을 막대기에 둘둘 말아두는 거야. 머리카락이 빠지는 이유는 아래로 늘어져 있기 때문이지. 위로 떨어지는 물체는 없잖아. 이건 내가 직접 발명한 거라고. 원한다면 한번 해봐."

그건 그리 편해 보이는 방법은 아닌 듯했다. 앨리스는 잠시 말없이 걸으면서 기사가 말해준 방법을 골똘히 생각해보았다. 그러면서 이따금 걸음을 멈춰 말 타는 게 서툰 불쌍한 기사를 도와주었다.

하얀 기사는 말이 멈출 때마다(말은 자주 멈췄다) 앞으로 고꾸라졌다. 그리고 말이 다시 움직이면(말은 대개 갑자기 움직였다) 뒤로 벌렁 나자빠졌다. 그 밖에는 그런대로 잘 탔지만 가끔 말에서 옆으로 떨어지는 버릇도 있었다. 하얀 기사가 대체로 앨리스가 걷고 있는 쪽으로 떨어졌기에 앨리스는 말에 바짝 붙어서 걷지 말아야겠다고 생각했다.

앨리스는 말에서 다섯 번째로 굴러떨어진 하얀 기사를 올려주면서 용기 내어 말했다.

"말을 많이 타보지 않으신 것 같아요."

그 말에 하얀 기사는 기분이 상했는지 깜짝 놀란 표정을 지었다. 하얀 기사는 반대편으로 떨어지지 않으려고 앨리스의 머리카락을 한 손으로 잡은 채 안장에 다시 끙끙대고 기어오르면서 물었다.

"넌 왜 그런 말을 하니?"

"연습을 많이 하면 그렇게 자주 떨어지진 않을 테니까요."

하얀 기사가 아주 진지하게 말했다.

"난 연습을 엄청나게 많이 했어. 엄청나게!"

앨리스는 달리 할 말이 떠오르지 않아 "정말요?"라는 말만 내뱉었지만 그 말에 최대한 진심을 담았다. 두 사람은 다시 말없이 길을 걸어갔다. 하얀 기사는 눈을 감고 혼자 중얼거렸고, 앨리스는 하얀 기사가 또 떨어질까 봐 조마조마해하며 지켜보았다.

그때 하얀 기사가 갑자기 오른팔을 휘저으며 큰 소리로 말하기 시작했다.

"말을 탈 때 중요한 기술은……."

하얀 기사는 말을 시작할 때도 그랬듯이 갑자기 입을 다물었다. 그러고는 말에서 떨어져 앨리스가 걷고 있던 길에 머리를 쿵 하고 박았다.

앨리스는 소스라치게 놀라 하얀 기사를 일으키면서 걱정스럽게 물었다.

"뼈가 부러진 건 아니시겠죠?"

하얀 기사는 뼈 두세 개쯤 부러지는 것은 별일 아니라는 듯이 대답했다.

"별거 아니야. 말을 탈 때 중요한 기술은 균형을 잘 잡는 거야. 이렇게 말이지……."

하얀 기사는 직접 앨리스에게 시범을 보여주려고 고삐를 놓고 두 팔을 쭉 뻗었다. 그런데 이번엔 뒤로 벌렁 나자빠져 말발굽 아래로 떨어지고 말았다.

앨리스가 하얀 기사를 다시 일으켜주었는데 그사이에도 하얀 기사는 자꾸 이 말만 되풀이했다.

"연습을 엄청나게 했는데! 연습을 엄청나게 했다고!"

결국 인내심이 바닥 난 앨리스는 소리를 꽥 질렀다.

"너무나 엉터리 같아요! 차라리 바퀴 달린 목마나 타시는 게 좋겠어요!"

하얀 기사가 구미가 당기는지 물었다.

"그건 부드럽게 나가니?"

하얀 기사는 이번엔 절대로 떨어지지 않으려고 말의 목을 두 팔로 꼭 끌어안고 있었다.

앨리스는 터져 나오는 웃음을 애써 참으려고 했지만 피식하고 새어나와 버렸다.

"진짜 말보다는 훨씬 부드럽게 잘 나가요."

하얀 기사가 생각에 빠진 표정으로 중얼거렸다.

"그렇다면 하나 구해봐야겠어. 하나나 둘, 아니면 몇 마리라도."

잠시 침묵이 흐른 뒤 하얀 기사가 다시 말을 이었다.

"난 발명에 재능이 있어. 좀 전에 날 올려줄 때 내가 생각에 빠져 있단 걸 눈치 챘니?"

앨리스가 대답했다.

"네, 진지해 보이셨어요."

"그래, 난 그때 대문을 넘어가는 새로운 방법을 발명하고 있었어. 한번 들어볼래?"

앨리스가 공손하게 대답했다.

"네, 정말 듣고 싶어요."

하얀 기사가 설명했다.

"내가 어떻게 그런 생각을 하게 됐느냐면 말이지, 이렇게 혼잣말을 했지. '발이 유일한 문제군. 머리는 이미 충분히 높은 곳에 있으니까.' 자, 먼저 대문 위에 머리를 갖다 대. 그럼 머리는 대문 높이와 비슷해지지. 그런 다음 물구나무서기를 해. 그러면 발도 충분히 높은 곳에 있게 되지. 그리고 그대로 문을 넘어가는 거야."

앨리스가 생각에 잠긴 표정으로 말했다.

"네, 그렇게 하면 넘어가겠네요. 그런데 조금 어렵지 않을까요?"

하얀 기사가 진지하게 대답했다.

"아직 해보지 않아서 확실히 말하긴 그렇지만 좀 어려울 것 같구나."

하얀 기사가 그 생각으로 골치가 아픈 듯 보이자 앨리스는 얼른 화제를 돌렸다.

앨리스가 명랑하게 말했다.

"정말 신기한 투구네요! 이것도 직접 발명하신 거예요?"

하얀 기사는 안장에 매달린 투구를 자랑스럽게 내려다보면서 말했다.

"그래, 하지만 난 저것보다 더 좋은 것도 발명했어. 설탕 덩어리처럼 원뿔 모양이었지. 내가 그걸 쓰고 말에서 떨어지면 꼭 투구가 먼저 땅에 떨어졌어. 그래서 나는 땅바닥에 곧바로 내동댕이쳐지지 않았어. 문제는 투구 안에 빠질 위험이 있다는 거야. 실제로 그런 적이 딱 한 번 있었지. 글쎄, 가장 나빴던 건 내가 투구에서 빠져나오기도 전에 다른 하얀 기사가 와서 내 투구를 머리에 쓴 거야. 자기 투구라고 생각했던 게지."

하얀 기사가 몹시 진지한 표정을 짓고 있어서 앨리스는 차마 웃을 수가 없었다. 그래서 웃음을 참느라 떨리는 목소리로 말했다.

180

"아저씨를 머리에 이고 있었으니 그 기사는 얼마나 아팠을까요."

하얀 기사는 여전히 진지하게 대답했다.

"물론 내가 발로 걷어차 버렸지. 그러자 투구를 벗더라고. 하지만 나를 꺼내는 데 몇 시간이나 걸렸어. 너도 알다시피 나는 번개처럼 몸놀림이 빨랐거든."

앨리스가 대꾸했다.

"투구에 꽉 끼어서 그런 거죠." (원문에 나오는 'fast'는 '빠른'이란 뜻과 '꽉 끼어서 움직일 수 없는'이란 뜻이 있는데, 하얀 기사와 앨리스는 서로 다른 뜻으로 말하고 있다―옮긴이)

하얀 기사가 고개를 가로저었다.

"분명히 말하는데, 난 진짜 엄청나게 빨랐어!"

하얀 기사는 약간 흥분해서 손을 들다가 그만 안장에서 굴러떨어져 깊은 도랑에 머리부터 처박히고 말았다.

앨리스는 하얀 기사를 찾으러 도랑 옆쪽으로 뛰어갔다. 한동안 기사가 말을 잘 타고 있다가 갑자기 떨어져서 깜짝 놀랐다. 앨리스는 이번에는 기사가 심하게 다쳤을까 봐 걱정스러웠다. 하얀 기사는 발바닥만 내민 채 고꾸라졌지만 평소처럼 떠들고 있었다. 앨리스는 한결 마음을 놓았다.

하얀 기사는 똑같은 말을 되풀이했다.

"난 정말 빨랐다니까. 다른 사람의 투구를 쓰다니 그 녀석은

너무나 조심성이 없었어. 그것도 사람이 안에 들어 있었는데 말이야.”

앨리스는 하얀 기사의 발을 잡고 끌어올려 도랑둑에 올려놓고선 물었다.

“머리를 거꾸로 하고서도 어쩌면 그렇게 조곤조곤 말씀하실 수 있어요?”

이 질문에 하얀 기사는 놀란 표정을 지었다.

“몸이 어디 있건 그게 무슨 문제야? 생각은 늘 똑같이 하는데. 사실 머리가 거꾸로 있을수록 새로운 것을 더 많이 발명할 수 있어.”

하얀 기사는 잠시 멈췄다가 말을 이었다.

"내가 이제껏 했던 발명 가운데 가장 똑똑한 건 말이지. 고기 요리 중간에 먹는 새로운 푸딩을 발명한 거야."

앨리스가 물었다.

"그렇다면 다음 요리가 나오기 전에 만들어야겠네요? 음, 정말 빨리 만들었겠군요!"

하얀 기사는 생각에 잠긴 목소리로 천천히 말했다.

"아니, 다음 요리를 위한 게 아니었어. 분명 다음 요리를 위한 게 아니었지."

"그럼 다음 날을 위해 준비한 거겠네요. 저녁 식사에서 푸딩을 두 번 먹진 않잖아요."

하얀 기사는 아까처럼 말을 되풀이했다.

"아니, 다음 날을 위한 게 아니야. 다음 날을 위한 게 아니야."

하얀 기사는 머리를 푹 떨구었고 목소리도 점점 더 기어들어 갔다.

"그 푸딩은 요리된 적이 없어! 사실 그 푸딩이 요리될 거라곤 생각하지 않아! 하지만 그건 정말 기발한 발명이었어."

하얀 기사가 풀이 죽은 듯 보여 앨리스는 기운을 북돋아 주려고 물었다.

"푸딩은 뭘로 만들려고 하셨어요?"

하얀 기사가 끙끙대며 말했다.

"우선 압지가 들어가지."

"맛은 별로 없겠네요."

하얀 기사가 앨리스의 말을 딱 끊더니 말했다.

"압지 하나면 그럴 수 있지. 하지만 화약이나 밀랍 같은 재료와 섞으면 얼마나 달라지는지 상상도 못 할 거다. 이제 여기서 그만 헤어져야겠다."

어느새 두 사람은 숲이 끝나는 지점에 와 있었다.

앨리스는 오면서 내내 푸딩만 생각하고 있었기에 궁금증이 가득했다.

하얀 기사가 걱정스럽게 물었다.

"섭섭한가 보구나. 마음이 편해지도록 노랠 하나 불러줄게."

앨리스는 그날 시를 하도 많이 들어서 이렇게 물었다.

"노래가 길어요?"

하얀 기사가 대답했다.

"길어. 하지만 아주, 아주 아름다운 노래야. 이 노래를 듣는 사람은 모두 눈물을 글썽이거나 아니면……."

하얀 기사가 갑자기 멈추는 바람에 앨리스가 되물었다.

"아니면 뭐예요?"

"아니면 눈물을 글썽이지 않든가. 이 노래의 제목은 〈대구의 눈〉이야."

앨리스는 관심 있는 척하며 물었다.

"아, 그게 노래 제목인가 보죠?"

하얀 기사는 조금 짜증을 내며 대답했다.

"아니, 넌 이해하지 못했구나. 노래 제목을 그렇게 부르는 거지. 진짜 제목은 〈쭈글쭈글 영감〉이야."

앨리스는 고쳐 말했다.

"그렇다면 제가 '그 노래는 그렇게 불리는군요' 하고 말해야 했네요?"

"아니, 그렇지 않아. 그것도 전혀 다른 이야기라고! 그 노래는 〈수단과 방법〉이라고 불리는데, 그것도 단지 그걸 부르는 말일 뿐이지!"

어안이 벙벙해진 앨리스가 물었다.

"그 노래는 또 뭔가요?"

하얀 기사가 대답했다.

"내가 막 말하려고 했어. 그 노래는 〈문 위에 앉아서〉야. 내가 직접 곡을 만들었어."

하얀 기사는 말을 멈추더니 말의 목에 고삐를 내려놓고 한 손으로 천천히 박자를 맞추었다. 하얀 기사의 온화하고 바보스러운 얼굴에 희미한 미소가 번지기 시작했다. 마치 자기 노래를 즐기는 듯했다.

앨리스는 거울 나라를 여행하면서 보았던 이상한 일들 가운데 이 순간을 가장 생생하게 기억했다. 그리고 몇 년의 세월이 흐른 뒤에도 그 장면을 바로 어제 일처럼 떠올릴 수 있었다. 하얀 기사의 온화하고 파란 눈동자와 다정한 미소를, 머리카락 사이로 비치던 석양의 빛을, 눈이 부시도록 빛나던 갑옷을……. 목에 고삐를 늘어뜨린 말이 앨리스의 발치에 난 풀을 뜯으며 조용히 걸어 다니던 모습을, 검은 그림자가 드리워진 뒤쪽 숲을……. 앨리스는 나무에 기대 한 손으로 햇빛을 가리면서 이 모든 장면을 한 장의 사진처럼 가슴에 담았다. 그리고 마치 꿈결에서처럼 이상한 기사와 말을 지켜보면서 구슬픈 노랫가락에 귀를 기울였다.

"하지만 이 선율은 하얀 기사가 지은 게 아니야. 〈나 그대에게 모두 주었네〉라는 노래야."

앨리스는 나무에 기댄 채 이렇게 중얼거리며 열심히 귀를 기울였지만 눈물은 한 방울도 나오지 않았다.

나 그대에게 모두 말할게요.
할 말은 별로 없지만요.
나는 쭈글쭈글한 노인이
문 위에 앉아 있는 걸 보았지.
나는 물었어.
"영감님은 누구세요?

뭐하고 사시나요?"

노인의 대답은

체를 빠져나가는 물처럼

내 머릿속을 졸졸 흘러갔네.

노인이 말했어. "나는 밀밭에서

자고 있는 나비를 잡는다네.

그걸 양고기 파이에 넣고

길거리에서 팔지.

폭풍우 치는 바다를 항해하는

사람들에게도 팔아.

그게 내가 먹고사는 방법이야.

괜찮다면 조금 들어보겠나."

하지만 난 수염을 초록색으로

물들이는 방법을 생각하고 있었어.

그리고 항상 커다란 부채를 들고 다니면

사람들이 보지 못하겠지.

그래서 노인이 한 말에는

아무 대꾸하지 않고 소리쳤지.

"자, 어떻게 사는지 이야기 좀 해주세요!"

그러고선 노인의 머리를 쿡 쥐어박았지.

노인은 온화한 말투로 이야기를 시작했어.

"나는 길을 가다

산속에서 실개천을 발견하면

나무껍질을 벗겨 표시해놓는다네.

그러면 사람들은 그곳에서 '롤런드 마카사르 기름(머릿기름

의 일종―옮긴이)'이란 걸 만들지.

하지만 내가 수고비로 받는 건

고작 2펜스 반 페니라네."

난 튀김옷으로 먹고살

궁리를 하고 있었어.

매일 튀김옷을 먹으면

살이 찔 수 있을까 하고.

나는 노인의 얼굴이 파랗게 질리도록

좌우로 흔들어댔지.

"자, 어떻게 사는지

무얼 하고 사는지 말씀해주세요!"

노인이 말했어.

"나는 화사한 헤더 꽃 덤불에서

대구 눈깔을 찾아다녀.

조용한 밤에

그것으로 조끼 단추를 만들지.

그리고 반짝이는 금화도

은화도 아닌 고작 반 페니를 받아.

아홉 개를 팔아서 말이야."

"난 가끔 버터 바른 롤빵을 찾아 땅을 파거나

게를 잡으려고 끈끈이 덫을 놓기도 하지.

난 가끔 이륜마차의 바퀴를 찾아

풀 덮인 둔덕을 뒤진다네.

나는 그렇게 해서 돈을 모은다네. (이때 노인이 윙크했어.)

자네 건강을 위해

건배하겠네."

난 그때야 노인의 말을 들었어.

방금 전에야 메나이 현수교를 포도주에 넣고 끓여

녹슬지 않게 하는 방법을 완성했기 때문이지.

나는 노인이 돈 버는 방법을

말해줘서 무척 고마웠어.

특히 내 건강을 위해

건배를 해준 것에.

이제 나는 우연히

손가락을 아교 속에 집어넣거나

왼쪽 신발에

오른발을 마구 쑤셔 넣거나

아주 무거운 걸

내 발가락에 떨어뜨리면

한때 알았던 그 노인이 생각나서

눈물을 흘리지.

온화한 얼굴에 말투가 느리고

머리카락은 눈보다 더 희고

얼굴은 까마귀를 닮은,

눈은 타다 남은 숯처럼 이글거리고

슬픔에 괴로워하고

몸을 앞뒤로 흔들고

입속에 반죽을 문 것처럼

낮은 목소리로 웅얼거리고

물소처럼 힝힝거리며

오래전 여름날 저녁

문 위에 앉아 있던 그 노인.

하얀 기사는 노래의 마지막 가사를 부르고는 고삐를 잡아채더니 방금 왔던 길로 말머리를 돌렸다.

"자, 이제 얼마 안 남았어. 언덕을 내려가 작은 개울을 건너면 여왕이 될 거야. 그전에 먼저 여기서 날 배웅해주겠니?"

앨리스는 돌아서서 하얀 기사가 가리킨 방향을 뚫어지게 바라보았다. 그러자 하얀 기사가 말을 덧붙였다.

"그렇게 오래 걸리진 않을 거야. 잠깐 기다렸다가 내가 길모퉁이를 돌아서면 손수건을 흔들어줘. 그러면 좀 기운이 날 것 같아."

앨리스가 대답했다.

"물론 기다릴게요. 그리고 먼 길까지 데려다 주셔서 정말 감사해요. 노래도 참 좋았어요."

하얀 기사가 의심스러운 눈빛을 보내며 말했다.

"그랬기를 바란다. 하지만 넌 생각만큼 많이 울진 않던데."

이 말을 끝으로 하얀 기사는 앨리스와 악수를 나누고는 천천히 숲 속으로 사라졌다.

앨리스는 멀어져 가는 하얀 기사를 바라보며 중얼거렸다.

"배웅하는 데 오래 걸리진 않을 거야. 저것 좀 봐! 아까처럼 또 머리부터 떨어지시네! 하지만 이번엔 쉽게 다시 오르시네. 하긴 말 주변에 걸린 게 저렇게 많으니……."

앨리스는 길을 따라 느긋하게 걸어가는 말을 지켜보았다. 하얀 기사는 한 번은 이쪽으로, 한 번은 저쪽으로 굴러떨어졌다. 하얀 기사는 네다섯 번을 떨어진 뒤에야 드디어 모퉁이에 도착했다. 앨리스는 하얀 기사의 모습이 보이지 않을 때까지 손수건을 흔들었다. 그런 다음 돌아서서 언덕을 뛰어 내려가며 말했다.

"내가 손수건을 흔들어줘서 아저씨가 기운이 나셨으면 좋겠는데. 이젠 저 개울만 건너면 난 여왕이 되는 거야! 정말 멋져!"

앨리스가 몇 걸음 내디디자 이내 개울이 나왔다. 앨리스는 개울을 휙 하고 뛰어넘으면서 소리쳤다.

"드디어 여덟째 칸이다!"

*　　　　*　　　　*　　　　*

*　　　　*　　　　*

*　　　　*　　　　*　　　　*

앨리스는 이끼처럼 부드러운 잔디에 몸을 던졌다. 잔디 주위로는 꽃밭이 여기저기 점처럼 펼쳐져 있었다.

"아, 이곳에 와서 정말 좋다! 그런데 머리에 이건 뭐지?"

앨리스가 손을 머리로 갖다 대고 만져보니 아주 무거운 뭔가가 머리에 꽉 끼워져 있었다. 깜짝 놀란 앨리스는 그것을 벗어 무릎에 올려놓으며 중얼거렸다.

"어떻게 나도 모르는 사이에 이런 걸 쓰고 있지?"

그것은 다름 아닌 황금 왕관이었다.

9장
앨리스 여왕

"와, 이거 정말 대단한데! 내가 이렇게 빨리 여왕이 될 줄은 꿈에도 몰랐어."

앨리스는 엄격한 목소리로 바꿔 말을 계속했다. (앨리스는 항상 자신을 꾸짖길 좋아했다.)

"여왕이 어때야 하는지 말씀드릴게요. 폐하, 그렇게 잔디밭에 축 늘어져 계시면 안 되죠. 여왕은 품위가 있어야 해요. 아시겠어요!"

앨리스는 벌떡 일어나 주위를 걸어 다녔다. 처음엔 왕관을 떨어뜨릴까 봐 조금 뻣뻣하게 걸었다. 하지만 보는 사람이 아무도 없다는 걸 알자 마음이 놓였다.

앨리스는 다시 앉으면서 중얼거렸다.

"만약 내가 진짜 여왕이라면 이런 것도 금방 잘하게 될 거야."

이상한 일만 일어나고 있던 터라 앨리스는 자신이 붉은 여왕과 하얀 여왕 사이에 앉아 있는 걸 보고도 그다지 놀라지 않았다. 앨리스는 여왕들에게 여기에 어떻게 왔는지 물어보고 싶었지만 예의에 어긋날까 봐 그만두었다. 하지만 체스 게임이 어떻게 끝났는지 물어보는 건 괜찮다고 생각했다. 그래서 붉은 여왕을 조심스럽게 바라보며 말을 걸었다.

"저기요. 실례지만……."

붉은 여왕이 말을 딱 잘랐다.

"먼저 말 걸기 전까진 입을 열지 마!"

작은 말다툼엔 자신 있는 앨리스가 대꾸했다.

"하지만 모두가 그 규칙을 지켜서 누군가 말을 걸 때만 입을 열어야 한다면, 그래서 상대방도 당신이 먼저 말을 걸어주길 기다린다면 결국 아무도 입을 열지 않을 텐데요……."

붉은 여왕이 소리쳤다.

"말도 안 돼! 그건 말이다, 애야……."

붉은 여왕은 얼굴을 잔뜩 찌푸린 채 잠깐 고민하더니 갑자기 화제를 바꿨다.

"'만약 내가 진짜 여왕이라면'이라고 한 건 무슨 뜻이냐? 대체 무슨 자격으로 자신을 그렇게 부르는 거지? 시험을 통과해야 여왕이 되지. 빨리 시작하면 할수록 좋을 거야."

가엾은 앨리스가 애처롭게 대답했다.

"전 단지 '만약'이라고 했을 뿐이에요!"

두 여왕은 서로 바라보았다. 붉은 여왕이 몸을 조금 떨면서 말했다.

"저 애는 단지 '만약'이라고 했다는데……."

하얀 여왕이 양손을 비벼대며 투덜거렸다.

"하지만 다른 말도 많이 했어! 훨씬 더 많은 말을 했다니까!"

붉은 여왕이 앨리스에게 말했다.

"정말 그랬어. 너는 항상 진실만을 말해야 해. 말하기 전에 먼저 생각하고. 그리고 네가 한 말은 나중에 꼭 적어둬라."

앨리스가 입을 열었다.

"전 그런 뜻이 아니었어요……."

이때 붉은 여왕이 성급하게 말을 잘랐다.

"내가 못마땅한 게 바로 그거야! 뜻을 담아 말했어야지! 뜻도 없이 말하는 아이를 어디다 쓰겠어? 하다못해 농담에도 뜻이 있어야 하거늘. 아이는 농담보다 중요한 존재잖아. 네가 두 손으로 아무리 용을 써도 아니라고 할 수 없을걸."

앨리스가 반박했다.

"전 아니라고 할 때 두 손을 쓰지 않아요."

붉은 여왕이 말했다.

"누가 그랬대? 난 네가 애를 써도 부인할 수 없다고 했지."

하얀 여왕이 말했다.

"저 애는 뭔가 아니라고 말하고 싶은가 봐. 뭘 아니라고 해야 할지도 모르면서!"

붉은 여왕이 대꾸했다.

"넌 참 성질이 못되고 사납구나."

잠시 불편한 침묵이 흘렀다.

마침내 붉은 여왕이 침묵을 깨고 하얀 여왕에게 말했다.

"오늘 오후 앨리스의 저녁 파티에 당신을 초대합니다."

하얀 여왕이 입가에 희미한 미소를 띠면서 대답했다.

"그러면 저도 당신을 초대합니다."

둘의 대화를 듣고 있던 앨리스가 끼어들었다.

"전 제 파티가 있는 줄도 몰랐어요. 하지만 파티 주최자라면 손님은 제가 초대해야 하지 않나요?"

붉은 여왕이 대답했다.

"우린 너한테 그럴 기회를 줬어. 하지만 넌 아직 예의범절 수업을 많이 받지 못했잖니?"

앨리스가 말했다.

"학교에 예의범절 수업은 없어요. 수업 시간엔 덧셈 같은 걸 배우죠."

하얀 여왕이 물었다.

"너 더하기 할 줄 알아? 1 더하기 1 더하기 1 더하기 1 더하기 1 더하기 1 더하기 1 더하기 1 더하기 1은 뭐지?"

"아, 몰라요. 세다가 놓쳤어요."

붉은 여왕이 끼어들었다.

"쟤는 덧셈을 못하나 봐. 그럼 뺄셈은 할 줄 알아? 8에서 9를 빼면 얼마지?"

앨리스가 바로 대답했다.

"8에서 9를 뺄 줄은 몰라요. 하지만……."

하얀 여왕이 말했다.

"뺄셈도 못하네, 뭐. 그럼 나눗셈은 할 줄 알아? 칼로 빵을 나누면 답이 뭐지?"

"그건……."

앨리스가 대답하려고 했지만 붉은 여왕이 대신 말했다.

"물론 버터 바른 빵이지. 뺄셈 문제를 하나 더 낼게. 개한테서 뼈다귀를 빼앗으면 뭐가 남지?"

앨리스는 골똘히 생각했다.

"물론 뼈다귀는 안 남겠죠. 만약 제가 뼈다귀를 빼앗으면 개도 그 자리에 남아 있지 않겠네요. 절 물려고 달려들 테니까요. 그럼 저도 남아나지 않겠는데요!"

붉은 여왕이 물었다.

"그럼 넌 아무것도 남지 않는다고 생각하는구나?"

"그게 답인 것 같아요."

붉은 여왕이 대꾸했다.

"또 틀렸어. 개의 성질이 남지."

"하지만 그걸 어떻게……."

붉은 여왕이 소리쳤다.

"자, 봐라! 개는 성질을 내겠지?"

앨리스가 조심스럽게 대답했다.

"아마도 그렇겠죠."

붉은 여왕은 의기양양하게 소리쳤다

"그럼 개가 가버렸을 땐 그 성질은 그대로 남는 거야!"

앨리스가 될 수 있는 대로 진지하게 말했다.

"개와 성질이 서로 다른 길을 갈 수도 있잖아요."

하지만 속으론 이렇게 생각했다.

'지금 무슨 얼토당토않은 소릴 하고 있담!'

두 여왕은 힘주어 말했다.

"저 아이는 계산을 전혀 못해!"

앨리스는 그렇게 꼬투리 잡히는 게 싫어 갑자기 하얀 여왕에게 물었다.

"그럼 여왕님은 계산을 할 줄 아세요?"

하얀 여왕이 숨을 헐떡이며 눈을 감았다.

"난 덧셈은 할 줄 알아. 시간만 충분히 주면. 하지만 뺄셈은 죽어도 안 돼!"

붉은 여왕이 물었다.

"물론 네 이름 철자는 알고 있지?"

앨리스가 대답했다.

"그럼요."

하얀 여왕이 나지막이 말했다.

"나도 알거든. 우리 종종 같이 외워보자. 이건 비밀인데 난 한 글자 단어는 읽을 줄 알아! 정말 대단하지 않니? 너무 그렇게 낙심하지 마. 너도 조만간 그렇게 될 거야."

붉은 여왕이 다시 끼어들었다.

"실용 문제를 내겠다. 빵은 어떻게 만들지?"

앨리스가 신이 나서 소리쳤다.

"그건 알아요! 밀가루를 가져다가……."

하얀 여왕이 물었다.

"그럼 어디서 꽃을 꺾지? 정원에서, 아니면 울타리에서?" (영어에서 '밀가루flour'와 '꽃flower'은 철자는 다르지만 발음이 같다. 여기서 앨리스는 앞의 뜻으로 말했는데, 하얀 여왕은 뒤의 뜻으로 알아들었다—옮긴이)

앨리스가 설명했다.

"그건 꺾는 게 아니에요. 그건 갈아서……."

하얀 여왕이 물었다.

"몇 제곱킬로미터의 땅을? 그렇게 너무 많이 생략하면 안 돼." (영어에서 '땅'과 '빻다'는 모두 'ground'란 단어를 쓴다. 앨리스와 하얀 여왕은 서로 다른 뜻으로 말하고 있다—옮긴이)

붉은 여왕이 걱정스러운 듯 끼어들었다.

"저 아이 머리에 부채질 좀 해줘! 생각을 지나치게 많이 해서 열이 났을 거야."

그래서 두 여왕은 바로 나뭇잎으로 앨리스 머리에 부채질을 하기 시작했다. 머리카락이 날리니 그만하라고 앨리스가 사정할 때까지 부채질은 계속되었다.

붉은 여왕이 말했다.

"이제 좀 괜찮을 거야. 너 외국어는 아니? 피들디디(fiddlededee,

엉터리, 시시한 일―옮긴이)가 프랑스어로 뭐지?"

앨리스가 진지하게 대답했다.

"피들디디는 영어가 아닌데요."

붉은 여왕이 말했다.

"누가 영어래?"

앨리스는 이 상황에서 빠져나갈 방법을 생각해내고는 의기양양하게 소리쳤다.

"피들디디가 어느 나라 말인지 알려주시면 그 말이 프랑스어로 뭔지 알려드릴게요!"

하지만 붉은 여왕은 몸을 꼿꼿이 세우더니 말했다.

"여왕은 흥정 같은 건 안 해."

앨리스는 생각했다.

'질문도 안 하면 좋을 텐데.'

하얀 여왕이 걱정스러운 목소리로 말했다.

"말다툼은 그만하자. 그런데 번개는 왜 치는 거지?"

이번 문제는 확실히 알고 있다는 생각에 앨리스는 아주 자신 있게 대답했다.

"천둥 때문이에요. 아니, 아니에요!"

그러더니 얼른 말을 바꾸었다.

"그 반대라고요."

붉은 여왕이 말했다.

"말을 바꾸기엔 너무 늦었다. 한번 내뱉은 말은 주워담을 수 없어. 넌 결과를 받아들여야 해."

하얀 여왕이 아래를 내려다보며 신경질적으로 양손을 쥐었다 폈다 하면서 말했다.

"그러니까 생각나는데, 지난 화요일에 천둥과 번개가 함께 내리쳤지. 지난 화요일들 가운데 하루 말이야."

이 말에 어리둥절해진 앨리스가 말했다.

"우리나라에선 한 번에 단 하루밖에 없어요."

붉은 여왕이 말했다.

"거긴 생활하는 데 문제가 많겠구나. 여기서는 주로 한 번에 낮과 밤이 두세 번 있어. 가끔 겨울에는 밤이 다섯 번이나 있기도 하지. 더 따뜻해지려고 말이야."

앨리스가 용기 내어 물었다.

"그러면 다섯 밤이 하룻밤보다 더 따뜻한가요?"

"물론 다섯 배는 더 따뜻하지."

"하지만 같은 규칙으로 다섯 배는 더 추울 수도 있겠네요……."

붉은 여왕이 소리쳤다.

"바로 그렇지! 다섯 배 더 따뜻하고 다섯 배 더 춥지. 내가 너보다 다섯 배 더 부유하고 다섯 배 더 영리한 것처럼!"

앨리스는 말싸움을 포기한 듯 한숨을 내쉬었다.

'이건 꼭 답이 없는 수수께끼 같아!'

하얀 여왕이 혼잣말을 하듯 낮은 목소리로 중얼거렸다.

"험프티 덤프티도 그걸 봤어. 코르크 마개 따개를 손에 들고 문 앞에 왔거든."

붉은 여왕이 물었다.

"무슨 일로 왔는데?"

하얀 여왕이 말을 이었다.

"하마를 찾으러 들어오려고 했대. 마침 그날 아침엔 집에 하마가 없었지."

앨리스가 깜짝 놀라 물었다.

"보통 땐 하마가 있어요?"

하얀 여왕이 대답했다.

"목요일에만."

앨리스가 말했다.

"전 험프티 덤프티가 왜 왔는지 알아요. 물고기를 혼내주러 왔던 거예요. 왜냐하면……."

이때 하얀 여왕이 다시 말을 계속했다.

"그건 네가 상상도 못 할 만큼 어마어마한 폭풍우였어! (그러자 붉은 여왕은 '저 아인 못 할걸'이라고 말했다.) 지붕 한 부분이 날아가서 천둥이 집 안에 마구 들이닥쳤지. 천둥이 거대한 덩어리째 방으로 굴러들어 와 탁자와 물건들을 넘어뜨렸어. 어찌나 겁이 나던지 내 이름도 기억 못 할 지경이었어!"

앨리스는 생각했다.

'그런 생난리 통에 이름을 기억하려 하다니! 그게 대체 무슨 소용이람?'

하지만 앨리스는 가엾은 여왕의 심기를 건드릴까 봐 소리 내어 말하진 않았다.

붉은 여왕이 하얀 여왕의 손을 잡고 부드럽게 어루만지며 앨리스에게 말했다.

"앨리스 여왕, 하얀 여왕을 너그럽게 이해해줘. 나쁜 뜻은 없지만 원래 멍청한 소릴 잘해."

하얀 여왕이 부끄러운 듯 바라보자 앨리스는 뭔가 상냥한 말을 해주고 싶었지만 아무것도 생각나지 않았다.

붉은 여왕이 말을 이었다.

"하얀 여왕은 자라면서 보살핌을 제대로 받지 못했어. 하지만 성격은 얼마나 좋은지 몰라! 머리를 쓰다듬어주면 아주 좋아할 거야!"

하지만 앨리스는 차마 그럴 용기가 나지 않았다.

"조금만 친절하게 대해주면…… 머리를 종이로 말아 컬을 넣어주면…… 얼마나 놀라운 일이 일어나는지…….."

하얀 여왕은 땅이 꺼질 듯 한숨을 내쉬더니 앨리스의 어깨에 머리를 기대고 신음했다.

"너무 졸려!"

붉은 여왕이 말했다.

"가엾은 것. 피곤하대! 머리를 쓰다듬어주고 네 수면 모자를 빌려줘. 그리고 자장가도 불러줘."

앨리스는 하얀 여왕의 머리를 쓰다듬으면서 말했다.

"저한텐 수면 모자가 없는데요. 자장가도 아는 게 없고요."

붉은 여왕이 말했다.

"그럼 내가 불러야겠군."

붉은 여왕은 자장가를 부르기 시작했다.

잘 자요, 레이디. 앨리스의 무릎에서!

잔치가 시작될 때까지 낮잠 잘 시간이 있어요.

잔치가 끝나면 우린 무도회에 갈 거예요.

붉은 여왕, 하얀 여왕, 앨리스 모두 함께!

붉은 여왕은 앨리스의 다른 쪽 어깨에 머리를 기대면서 말했다.

"이제 가사는 다 알 테니 나한테도 불러줘. 나도 졸리거든."

이윽고 두 여왕은 깊은 잠에 빠져들었고, 드르렁드르렁 코를 골기 시작했다.

처음엔 하얀 여왕의 머리가, 그다음엔 붉은 여왕의 머리가 무거운 짐처럼 차례로 앨리스의 어깨에서 미끄러져 내려와 무릎

위로 쿵 하고 떨어졌다. 그러자 앨리스는 어쩔 줄 몰라서 소리 쳤다.

"이제 어떡하지? 잠든 두 여왕을 돌보는 건 처음 있는 일일 거야! 그래, 영국 역사 어디에도 없었어. 한 시대에 여왕이 두 명 이상 있던 적은 없었으니까. 무거운 두 여왕님! 얼른 일어나 세요!"

앨리스는 안달이 나서 소리쳤지만 두 여왕은 대답 대신 조용 히 코만 골 뿐이었다.

그런데 코 고는 소리가 점점 이상해지더니 노랫소리처럼 바 뀌다가 나중에는 가사까지 알아들을 수 있었다. 앨리스는 노 래에 귀를 기울인 나머지 두 여왕의 머리가 무릎에서 갑자기 사라진 것도 깨닫지 못했다.

다음 순간 앨리스는 아치 모양의 문 앞에 서 있었다. 문에는 커다란 글씨로 '앨리스 여왕'이라고 쓰여 있었다. 아치 양쪽에는 종이 달린 손잡이가 달려 있었는데, 한쪽은 '방문객용'이고 다른 한쪽은 '하인용'이었다.

앨리스는 생각했다.

'노래가 끝날 때까지 기다렸다가 종을 울려야지. 그런데 어느 쪽 종을 울려야 하지?'

앨리스는 이름 때문에 궁금해하면서 말을 이었다.

"나는 방문객도 아니고 하인도 아니잖아. '여왕용'은 왜 없지……."

바로 그때 문이 삐걱하고 열리더니 긴 부리가 달린 동물이 머리를 쑥 내밀고 말했다.

"다다음 주까지는 입장 금지!"

그러고는 다시 문을 꽝 하고 닫아버렸다.

앨리스는 한참 동안 문을 두드리고 종을 울려보았지만 소용없었다. 마침내 나무 밑에 앉아 있던 아주 늙은 개구리가 일어나더니 다리를 절뚝거리며 앨리스에게 다가왔다. 개구리는 샛노란 옷에 커다란 장화를 신고 있었다.

개구리가 굵고 쉰 목소리로 말했다.

"무슨 일이지?"

앨리스는 누구라도 꼬투리를 잡을 작정으로 돌아서서 화를 냈다.

"문소리에 대답해야 하는 하인은 대체 어딜 간 거야?"

"어느 문?"

앨리스는 개구리의 느려터진 말투에 짜증이 나서 발을 동동 구를 지경이었다.

"물론 이 문이지!"

개구리는 큰 눈을 흐리멍덩하게 뜨고 잠시 문을 바라보더니 가까이 다가갔다. 그러고는 칠이 벗겨져 나오는지 확인이라도 하려는 듯 엄지손가락으로 문을 문질렀다.

개구리는 앨리스를 보며 말했다.

"문소리에 대답을 한다고? 문이 뭐라고 물었는데?"

개구리의 목소리는 너무 쉬어서 거의 알아들을 수 없었다.

앨리스가 말했다.

"무슨 소릴 하는 거야?"

그러자 개구리가 대꾸했다.

"우리말을 하고 있잖아! 귀라도 먹은 거야? 문이 뭘 물었느냐니까?"

앨리스는 안절부절못하며 대답했다.

"아무것도 안 물었어! 그냥 문을 두드렸다니까!"

개구리가 중얼거렸다.

"그러면 안 돼. 그러면 안 돼. 문이 화를 낼 거야."

그러더니 개구리는 문으로 다가가 커다란 발로 쾅 하고 걷어
찼다.

"가만히 놔두면 문도 널 가만히 놔둘 거야."

개구리는 헐떡거리면서 이렇게 말하더니 나무 밑으로 다시
절룩거리며 걸어갔다.

그 순간 문이 활짝 열리더니 안에서 높고 날카로운 노랫소리
가 들려왔다.

앨리스는 거울 나라에서 이렇게 말했지.

"난 왕홀을 들고 있고 머리엔 왕관을 썼어요.

거울 나라 속 존재들은 누구든지 와서

붉은 여왕, 하얀 여왕 그리고 나와 함께 만찬을 즐겨요!"

그러자 수백 명의 목소리가 합창했다.

어서 빨리 잔을 채워라.

탁자에 단추와 겨를 뿌려라.

커피엔 고양이를 넣고 찻잔엔 쥐를 넣어라.

서른 번 곱하기 세 번 만세를 부르면서 앨리스 여왕을 환영하세!

그러자 혼란스러운 환호성이 다시 들려왔다.

앨리스는 속으로 생각했다.

'서른 번 곱하기 세 번이면 아흔 번이잖아. 누가 그걸 세고 있을까?'

잠시 뒤 다시 한 번 침묵이 흐르더니 아까의 그 높고 날카로운 목소리가 다른 연을 읊었다.

앨리스가 말했지. "오, 거울 나라 존재들이여, 가까이 오세요!
날 보는 건 영광이고 내 목소리를 듣는 건 은혜죠.
붉은 여왕, 하얀 여왕 그리고 나와 함께
먹고 마시는 건 매우 큰 특권이죠!"

다시 합창이 이어졌다.

당밀과 잉크로 잔을 채워라.
마시기 좋은 건 다 좋아.
사과 주스엔 모래를, 포도주엔 양털을 섞어라.
아흔 번 곱하기 아홉 번 만세를 부르며 앨리스 여왕을 환영하세!

앨리스는 크게 낙담한 채 중얼거렸다.

"아흔 번 곱하기 아홉 번이라니! 아, 이러다 끝이 안 나겠어! 그냥 들어가는 게 낫겠어."

앨리스가 문 안으로 들어서는 순간 주변이 쥐 죽은 듯 조용해졌다.

앨리스는 커다란 홀 안으로 걸어가면서 불안한 듯 탁자를 훑어보았다. 거기에는 온갖 손님이 오십 명쯤 앉아 있었다. 그 중에는 들짐승도 있었고, 날짐승도 있었으며, 심지어 꽃들도 끼어 있었다.

앨리스는 생각했다.

'초대받을 때까지 기다리지 않고 와준 게 얼마나 다행인지. 난 누굴 초대해야 하는지도 몰랐거든!'

탁자의 윗자리에는 의자가 세 개 놓여 있었다. 붉은 여왕과 하얀 여왕이 그중 두 자리를 이미 차지하고 가운데 자리만 비어 있었다. 그래서 앨리스는 가운데에 앉았지만 조용한 분위기가 어색하게 느껴져 누군가 입을 열기만을 바랐다.

마침내 붉은 여왕이 입을 열었다.

"수프와 생선 요리는 이미 지나갔어. 구운 고기를 가져와라!"

하인들이 양다리 하나를 가져와 앨리스 앞에 놓아주었다. 앨리스는 한 번도 구운 고기를 잘라본 적이 없어 걱정스럽게 양다리를 바라보았다.

붉은 여왕이 말했다.

"조금 어색해 보이는군. 저 양다리를 소개해주지. 앨리스, 여긴 양다리야. 양다리, 여긴 앨리스야."

양다리가 접시에서 일어나 앨리스에게 고개를 숙이며 인사했다. 앨리스는 겁을 먹어야 할지, 웃어야 할지 몰라 그저 답례로 고개만 숙였다.

앨리스가 포크와 나이프를 집어 들고 두 여왕을 번갈아 보며 물었다.

"제가 한 조각 드릴까요?"

붉은 여왕이 아주 단호하게 말했다.

"당연히 아니지. 소개받은 걸 자르는 건 예의에 어긋나. 양다리를 치워라!"

말이 떨어지기가 무섭게 하인들이 양다리를 가져가 버리고 그 대신 커다란 자두 푸딩을 내왔다.

앨리스는 서둘러 말했다.

"푸딩은 소개받지 않을래요. 안 그러면 아무것도 못 먹잖아요. 좀 드릴까요?"

하지만 붉은 여왕은 샐쭉한 표정으로 땍땍거렸다.

"푸딩, 여기는 앨리스. 앨리스, 이쪽은 푸딩! 이제 푸딩을 치워라!"

하인들은 앨리스가 인사하기도 전에 얼른 푸딩을 치웠다.

앨리스는 붉은 여왕만 명령을 내릴 이유가 없다고 생각해 시험 삼아 이렇게 명령했다.

"여봐라! 푸딩을 다시 내오너라!"

그러자 요술처럼 푸딩이 다시 나타났다. 하지만 푸딩이 어찌나 큰지 앨리스는 양다리가 나왔을 때처럼 조금 당황스러웠다. 그래도 용기를 내어 한 조각 잘라 붉은 여왕에게 건넸다.

푸딩이 굵고 기름진 목소리로 말했다.

"이런 괘씸한 것! 내가 만일 너를 한 조각 잘라낸다면 기분이 어떨 것 같으냐?"

앨리스는 대답할 말이 없어 가만히 앉은 채로 푸딩을 바라보며 숨만 헐떡거렸다.

붉은 여왕이 말했다.

"대답해야지. 푸딩만 혼자 말하게 하는 건 우습잖아!"

"제가 오늘 시를 여러 번 들었거든요."

앨리스가 입을 여는 순간 갑자기 찬물을 끼얹은 듯 주변이 조용해지고 모든 시선이 앨리스에게 쏟아졌다. 앨리스는 조금 겁을 먹었지만 말을 이어갔다.

"그런데 정말 이상하게도 모든 시가 물고기와 관련이 있는 거예요. 왜 여기선 다들 그렇게 물고기를 좋아하는지 이유를 아세요?"

앨리스는 붉은 여왕에게 물었지만 붉은 여왕의 답변은 질문과는 좀 거리가 있었다. 붉은 여왕은 앨리스의 귀에 입을 바짝 대고 엄숙한 말투로 아주 천천히 말했다.

"물고기라면 말이지. 하얀 여왕이 멋진 수수께끼를 알고 있어. 모두 물고기에 대한 시야. 한번 읊어달라고 할까?"

이번엔 하얀 여왕이 앨리스의 반대편 귀에 대고 비둘기가 구구대는 것처럼 속삭였다.

"그렇게 말해주다니 참 친절도 하시지. 훌륭한 대접이 될 거야! 내가 해도 될까?"

앨리스가 매우 예의 바르게 대답했다.

"네, 부탁드립니다."

하얀 여왕은 기쁜 듯 환하게 웃으면서 앨리스의 뺨을 어루만졌다. 그러더니 시를 읊기 시작했다.

"먼저 물고기를 잡아야 해요."

그건 쉬워요. 아기도 잡을 수 있을걸요.

"그다음에는 물고기를 사야 해요."

그건 쉬워요. 1페니면 살 수 있을걸요.

"이제 물고기 요리를 해줘요!"

그건 쉬워요. 일 분도 안 걸릴걸요.

"물고기를 접시에 올려요!"

그건 쉬워요. 이미 접시에 있으니까요.

"이리 가져와요! 먹어보게!"

그런 요리를 식탁에 올리는 건 쉬워요.

"접시 뚜껑을 치워주세요!"

아, 그건 어려워서 못 할 것 같아요!

그건 아교처럼 붙어 있거든요.

중간에서 접시와 뚜껑을 꽉 붙들고 있어요.

물고기 접시 뚜껑을 여는 것과 수수께끼를 푸는 것 중

어느 쪽이 더 쉬울까요?

붉은 여왕이 말했다.

"잠깐 생각해보고 답을 맞혀봐. 그동안 우리는 네 건강을 위해 건배하지. 앨리스 여왕의 건강을 위하여!"

붉은 여왕이 목청 높여 소리를 지르자 다른 손님들도 건배를 했는데, 하나같이 이상한 방식으로 술을 마셨다. 어떤 손님은 잔을 소등기(촛불을 끄는 데 쓰는 원뿔 모양의 덮개─옮긴이)처럼 머리에 엎어놓고선 얼굴로 줄줄 흘러내리는 술을 마셨다. 또 어떤 손님은 술병을 거꾸로 해서 쏟은 뒤 탁자 모서리로 흘러내리는 술을 마셨다. 그리고 또 다른 손님 셋은(캥거루같이 생겼다) 구운 양고기 접시 안에 들어가 고기 국물을 깨끗이 핥아먹었다.

그 모습을 본 앨리스는 속으로 생각했다.

'꼭 여물통 속에 들어 있는 돼지들 같아.'

붉은 여왕이 얼굴을 잔뜩 찌푸리며 앨리스에게 말했다.

"훌륭한 연설로 감사 인사를 해야지!"

앨리스는 붉은 여왕의 말에 순순히 따르려고 일어났지만 조금 겁이 났다. 이 모습을 본 하얀 여왕이 속삭였다.

"우리가 도와줄게."

앨리스도 속삭이며 대답했다.

"말씀은 고맙지만 저 혼자서도 잘할 수 있어요."

붉은 여왕이 아주 단호하게 말했다.

"절대 그렇지 않을걸."

그래서 앨리스는 흔쾌히 두 여왕의 말을 따르기로 했다.

(나중에 앨리스가 언니한테 만찬 이야기를 들려줄 땐 이렇게 말했다. "두 여왕이 어찌나 심하게 밀어대던지 날 납작하게 만들려는 줄 알았다니까!")

사실 앨리스는 연설을 하면서 자리를 지키는 게 쉽지 않았다. 두 여왕이 양쪽에서 앨리스를 밀어대는 통에 몸이 공중으로 떠오를 지경이었다.

"저는 여러분에게 감사 인사를 하려고 일어섰습니다……."

앨리스는 이렇게 말하면서 일어섰는데, 정말로 몸이 몇 센티미터 정도 위로 떠올랐다. 앨리스는 탁자 모서리를 잡고서야 가까스로 다시 내려왔다.

하얀 여왕이 두 손으로 앨리스의 머리채를 붙잡고 소리쳤다.

"조심해! 무슨 일 나겠어!"

바로 그때 (앨리스가 나중에 설명하기를) 여러 가지 일이 순식간에 일어났다. 촛불들은 천장까지 자라나 마치 꼭대기에 불꽃이 달린 골풀 밭처럼 변했다. 병들은 접시 두 개를 황급히 날개처럼 붙이더니 다리에는 포크를 달고 사방으로 퍼드덕퍼드덕 날

아다녔다. 이 모습을 본 앨리스는 끔찍한 난리 통에도 '꼭 새 같네'라고 생각했다.

바로 그때 앨리스 옆에서 목이 쉰 듯한 웃음소리가 들렸다. 앨리스는 하얀 여왕에게 무슨 일이 생겼는지 보려고 몸을 뒤로 돌렸다. 그러자 의자에는 하얀 여왕 대신 양다리가 앉아 있었다. 그 순간 수프 그릇에서 "나 여기 있어!" 하는 소리가 들렸다. 앨리스는 다시 뒤를 돌아다보았다. 여왕의 넓적하고 온화한 얼굴이 수프 그릇 가장자리에서 앨리스를 보고 씩 웃다가 곧 수프 속으로 사라져버렸다.

더는 꾸물댈 시간이 없었다. 벌써 손님들 가운데 여럿은 접시에 드러누워 있었고, 수프 국자는 탁자 위를 걸어 앨리스가 앉은 의자 쪽으로 다가오더니 길을 비키라며 다급하게 손짓했다.

"더는 못 참아!"

앨리스는 이렇게 소리치고는 그 자리에서 벌떡 일어나 두 손으로 식탁보를 확 잡아당겼다. 그러자 접시며 음식이며 손님이며 양초들이 모두 바닥으로 와르르 쏟아졌다.

앨리스는 이 모든 장난이 붉은 여왕이 꾸민 짓이라 생각하고는 사납게 돌아서며 말했다.

"당신 말이야."

하지만 붉은 여왕은 이제 앨리스 옆에 없었다. 붉은 여왕은 갑자기 작은 인형 크기로 변해서 자기 뒤에 달린 숄을 붙잡으려고 탁자 위에서 뱅글뱅글 돌고 있었다.

다른 때 같으면 앨리스도 이런 광경을 보고 깜짝 놀랐겠지만 지금은 몹시 흥분한 상태라 어떤 일에도 놀라지 않았다. 앨

리스는 탁자 위에 엎어진 병을 막 뛰어넘은 조그만 붉은 여왕을
붙잡고 소리쳤다.

"당신을 흔들어서 아기 고양이로 만들어버리겠어! 꼭 그렇게
할 거라고!"

10장
흔들기

앨리스가 붉은 여왕을 탁자에서 들어 올리더니 있는 힘껏 앞뒤로 흔들었다.

붉은 여왕은 아무런 저항도 하지 않았다. 단지 얼굴이 점점 작아지고 눈은 점점 커지면서 녹색으로 변했다.

앨리스가 계속 흔들어대자 붉은 여왕은 더 작아지고…… 뚱뚱해지고…… 부드러워지고…… 둥글둥글해지다가…….

11장
꿈에서 깨어나기

마침내 진짜 아기 고양이가 되었다.

12장
그건 누구의 꿈이었을까

앨리스는 두 눈을 비비며 정중하면서도 조금 엄격한 말투로 까만 아기 고양이에게 말했다.

"붉은 여왕님은 그렇게 크게 가르랑대서는 안 돼요. 너 때문에 깼잖아! 정말 근사한 꿈이었는데! 야옹아, 너도 거울 나라에서 나랑 쭉 같이 있었어. 알고 있었니?"

아기 고양이란 (앨리스가 예전에도 말했듯이) 아주 불편한 습성이 있어서 이쪽에서 무슨 말을 하든 늘 가르랑거리기만 한다.

앨리스는 또 이런 말도 했다.

"고양이들이 '그래'라는 뜻으로 가르랑거리거나 '아니'라는 뜻으로 야옹거리거나 하는 규칙이 있다면 이야기를 계속할 수도 있을 텐데! 늘 같은 소리만 내니까 어떻게 고양이랑 대화를 나눌 수 있겠어?”

이번에도 아기 고양이는 가르랑거리기만 했다. 그래서 그게 ‘그래’라는 뜻인지 ‘아니’라는 뜻인지 알 길이 없었다.

앨리스는 탁자 위에 놓인 체스 말들을 뒤져 붉은 여왕을 찾아냈다. 그런 다음 난로 앞 깔개에 무릎을 꿇고 앉아 까만 아기 고양이와 붉은 여왕을 내려놓고 번갈아 보았다.

앨리스는 의기양양하게 손뼉을 치면서 소리쳤다.

“자, 야옹아, 네가 붉은 여왕이 됐다고 솔직히 털어놔 봐!”

(나중에 앨리스는 언니에게 이렇게 설명했다. "하지만 야옹이는 고개를 돌리면서 붉은 여왕을 못 본 척하는 거야. 그렇지만 조금은 부끄러워하는 걸 보니 붉은 여왕이었던 게 확실해.")

앨리스는 깔깔 웃으면서 소리쳤다.

"자, 몸을 좀 더 꼿꼿이 세워봐! 그리고 뭐라고 가르랑거려야 할지 생각하는 동안 절을 해. 그러면 시간이 절약될 거야! 기억하렴!"

앨리스는 까만 아기 고양이를 들어 올려 입을 맞추었다.

"이건 붉은 여왕이었던 걸 기념하려는 것뿐이야."

앨리스는 여전히 끈기 있게 몸단장을 하고 있는 하얀 아기 고양이를 어깨너머로 돌아다보았다. 그러고는 계속 말했다.

"우리 귀염둥이 스노드롭! 다이너가 언제쯤 하얀 여왕 폐하를 다 씻길까? 그래서 내 꿈에서 네가 그렇게 더러웠구나. 다이너! 넌 지금 하얀 여왕을 문지르고 있는 거 아니? 그건 정말 큰 실례인데!"

앨리스는 한쪽 팔꿈치를 양탄자에 대고 편안한 자세로 누운 뒤 한 손으로 턱을 괴고는 고양이들을 지켜보았다.

앨리스는 계속해서 재잘거렸다.

"다이너는 뭘로 변했을까? 말 좀 해봐. 네가 험프티 덤프티였니? 아무래도 그랬을 것 같아. 하지만 확실히 모르니까 친구들한테는 말하지 마. 그런데 야옹아. 만일 네가 진짜 내 꿈속에 있었다면 네가 좋아했을 만한 일이 하나 있어. 난 수많은 시를 들었는데 모두 물고기에 대한 내용이었어! 내일 아침엔 진짜 맛난 걸 줄게. 네가 아침을 먹는 동안 나는 〈바다코끼리와 목수〉를 외울 거야. 그러면 넌 그게 굴이라고 생각하면서 먹는 거야!

자, 야옹아. 그게 누구 꿈이었는지 생각 좀 해보자. 이건 진지한 문제라고. 그러니까 그렇게 발이나 핥고 있으면 안 돼. 다이너가 오늘 아침에 안 씻겨준 것 같잖아. 있잖아, 야옹아. 그건 아무래도 나 아니면 붉은 왕의 꿈이었을 거야. 물론 붉은 왕은 내 꿈에 나왔고, 또 나도 붉은 왕의 꿈에 나왔던 거야! 야옹아, 그게 붉은 왕이었니? 넌 왕의 부인이었으니까 알 거 아냐. 아, 야옹아. 제발 가르쳐줘! 발은 나중에 닦아도 되잖아!"

하지만 아기 고양이는 귀찮은 듯 앨리스의 질문을 못 들은 척하며 다른 발을 핥기 시작했다.

대체 그건 누구의 꿈이었을까요?

7월 어느 저녁에
햇살 가득한 하늘 아래로 배 한 척이
꿈을 꾸듯 유유히 흘러가네.

세 아이는 가까이 앉아
초롱초롱한 눈으로 귀를 쫑긋 세운 채
소박한 이야기를 즐겁게 듣네.

햇빛 가득한 하늘은 오래전에 바래고
메아리는 희미해지고 기억도 사라지면서
가을 서리가 7월의 목숨을 앗아가네.

깨어 있는 눈으로는
하늘 아래 움직이는 앨리스를 볼 수 없지만
여전히 그녀는 유령같이 내 곁을 맴도네.

아이들은 여전히 이야기를 기다리네.
초롱초롱한 눈으로 귀를 쫑긋 세운 채
사랑스럽게 다가앉네.

이상한 나라에 살면

하루가 지나도록 꿈을 꾸고

여름이 사그라지도록 꿈을 꾸네.

강물 따라 유유히 흐르면서……

황금빛 햇살 속을 서성이며……

인생이란 한낱 꿈이 아니던가?

(*이 시는 앨리스의 이름인 'Alice Pleasance Liddell' 가운데 첫 글자를 각 행의 첫 글자로 사용해 지은 시다—옮긴이)

부록
재버워키

불필 때[1] 끈적나긋한[2] 토브[3]들이

해시계밭[4]에서 빙빙뱅뱅거리고[5] 파뚫고[6] 있네.

보로고브[7]들은 하나같이 비냘프고[8]

---

1 불필 때: 저녁을 위해 불을 지필 때.

2 끈적나긋한: '끈적끈적한'과 '나긋나긋한'이 합쳐진 합성어.

3 토브: 오소리, 도마뱀, 코르크 마개 따개가 합쳐진 생물. 해시계 아래에서 둥지를 틀며, 치즈를 먹고 산다.

4 해시계밭: 해시계 주변의 조그만 풀밭.

5 빙빙뱅뱅거리고: 회전물체처럼 도는 것.

6 파뚫고: 나사송곳처럼 구멍을 만들다.

7 보로고브: 살아 있는 대걸레처럼 깃털이 돌출된 초라하고 볼품없는 새.

8 비냘프고: '비참한'과 가냘픈'이 합쳐진 합성어.

집 떤[9] 래스[10]들은 휘통쳤네[11].

아들아, 재버워크[12]를 조심해라!
물어뜯는 턱, 잡아채는 발톱을!
저브저브 새[13]도 조심하고
푹푹씩씩대는[14] 벤더스내치[15]도 피해라!

아들은 보팔검[16]을 손에 들고
오랫동안 괴서운[17] 적을 찾아다녔네.
텀텀나무 옆에서 쉬면서
잠시 생각에 잠겨 서 있었네.

거쉬한[18] 생각에 잠겨 서 있는데

---

9 집 떤: 집을 떠나온

10 래스: 녹색 돼지의 일종.

11 휘통쳤네: '고함치다'와 '휘파람 불다'의 중간쯤 되며, 재채기가 섞여 있다.

12 재버워크: 닥치는 대로 먹어치우는 무서운 새.

13 저브저브 새: 영원한 욕정에 사로잡혀 절망에 빠진 새.

14 푹푹씩씩대는: '김이 나는'과 '화가 나는'이 합쳐진 합성어.

15 밴더스내치: 확 낚아채는 턱을 가진 재빠른 생물체.

16 보팔검: 아주 날카롭고 잘 드는 검.

17 괴서운: '괴물 같은'과 '무서운'이 합쳐진 합성어.

18 거쉬한: '태도가 거친'과 '목소리가 쉰'이 합쳐진 합성어.

재버워크가 두 눈에 불을 켠 채

어둡고 빽빽한 숲을 헤집고

매얼귀하며[19] 나타났네.

하나, 둘! 하나, 둘! 쓱싹쓱싹

보팔검 날이 찌르고 또 찔렀네!

아들은 재버워크를 죽이고

머리만 들고 쑴쑴양양하게[20]

돌아왔네.

"오냐, 네가 재버워크를 죽였구나.

이리 온, 빛나는 내 아들아!

오, 정즐한[21] 날이로다! 컬루! 컬레이!"

아버지는 기뻐서 낄낄홍홍거렸네[22].

불필 때 끈적나긋한 토브들이

해시계밭에서 빙빙뱅뱅거리고 파뚫고 있네.

---

19 매얼귀하며: '매 하고 울다'와 '중얼거리다'와 '지저귀다'가 합쳐진 합성어.

20 쑴쑴양양하게: '전속력으로 달리다'와 '의기양양하게'가 합쳐진 합성어.

21 정즐한: '정의로운'과 '즐거운'이 합쳐진 합성어.

22 낄낄홍홍거렸네: '낄낄 웃다'와 '코웃음 치다'가 합쳐진 합성어.

보로고브들은 하나같이 비날프고

집 떤 래스들은 휘통쳤네.

옮긴이 최지원

서강대학교 영어영문학과를 졸업하고 성균관대학교 번역테솔대학원에서 번역학 석사학위를 취득했다. 이후 다양한 분야의 논문, 잡지 등을 번역하다가 현재는 출판번역에이전시 베네트랜스에서 전문 번역가로 활동 중이다. 옮긴 책으로는《일릭트릭 리빙》《옴니, 자기사랑으로 가는 길》《태핑 솔루션》《우주 조각가》《생존의 법칙》등이 있다.

거울 나라의 앨리스

큰 글씨 책

1판 1쇄 발행 2015년 7월 13일

지은이 루이스 캐럴
옮긴이 최지원
발행인 오영진 김진갑
발행처 (주)심야책방

출판등록 2013년 1월 25일 제2013-000028호
주소 서울시 마포구 월드컵북로5가길 12 서교빌딩 2층
전화 02-332-3310 **팩스** 02-332-7741

제작 소다디자인프린팅(주)

ISBN 979-11-86283-89-9 04840
       979-11-86283-76-9 (set)

내 인생을 위한 세계문학 시리즈 (큰 글씨 책)

이방인   알베르 카뮈 | 김옥진 옮김
"빈손처럼 보일지 몰라도 확신이 있다. 나 자신에 대한, 모든 것에 대한."
부조리에 저항하라. 무의미한 삶이기에 우리에겐 '의미'가 필요하다

젊은 베르터의 슬픔   요한 볼프강 폰 괴테 | 김해생 옮김
"빌헬름, 사랑 없는 세상이 무슨 의미가 있지?"
사회적 부조리와 모순에 갇혀 더 이상 나아가지 못한 열정과 순수의 모든 것

사람은 무엇으로 사는가   레프 톨스토이 | 김환 옮김
"자신에 대한 돌봄이 아니라 사랑으로 산다는 것을 알았노라."
왜 사는지, 자신의 존재는 이 세상에서 어떤 의미를 갖는지 질문에 답하다

위대한 개츠비   프랜시스 스콧 피츠제럴드 | 김소연 옮김
"그렇게 우리는 싸울 것이다. 과거로 끊임없이 떠밀려가면서."
내 인생은 나의 것, 이룰 수 없는 꿈이라도 그곳을 향해 돌진하라

동물 농장   조지 오웰 | 우진하 옮김
"그렇지만 어떤 동물은 다른 동물보다 더 평등하다."
최고의 정치우화가 말하는 권력의 타락과 속임수, 착취의 공식

마지막 잎새   오 헨리 | 이미정 옮김
"마지막 잎사귀가 떨어졌던 날 밤에, 저걸 그린 거야."
아무리 얇게 잘라내도 삶에는 언제나 희망과 절망의 양면이 존재한다

어린 왕자   앙투안 드 생텍쥐페리 | 박효은 옮김
"마음으로 보아야 해. 중요한 것은 눈에 보이지 않아."
존재를 마음으로 대하는, 관계의 미학을 이야기하다

노인과 바다 어니스트 헤밍웨이 | 정지현 옮김

"인간은 파멸당할 수 있을지언정 패배는 하지 않아."
도전이 두려운 이들에게 보내는, 절망의 끝에서 희망을 노래하는 법

키다리 아저씨 진 웹스터 | 이선희 옮김

"나는 우리 모두 왕처럼 행복해야 한다고 믿는다."
작고 순수한 행복을 손에 쥐게 만드는 따뜻하고 아름다운 고전

인형의 집 헨리크 입센 | 신승미 옮김

"어느 쪽이 옳은지 밝혀낼 거에요. 세상인지, 아니면 나인지."
기적을 원한다면 왜곡된 틀을 깨고 바로 서야 한다

데미안 헤르만 헤세 | 김세나 옮김

"내 속에서 저절로 우러나오는 삶을 살고자 했을 뿐이다. 그런데 그것이 왜 그토록
어려웠을까?"
알을 깨고 나와 완전한 자신에게로 들어갈 때, 바로 그곳에 '진정한 삶'의 문이 존재한다

이상한 나라의 앨리스 루이스 캐럴 | 최지원 옮김

"밤새 내가 변한 건가? 가만 보자. 내가 변했다면 지금의 나는 누구지?"
나를 찾아 떠나는 수수께끼와 농담으로 가득 찬 이상한 세계로의 여행

거울 나라의 앨리스 루이스 캐럴 | 최지원 옮김

"여기선 보다시피 같은 곳에 머물러 있으려면 쉬지 않고 달려야 해."
거울 속에 숨겨진 거꾸로 된 세상, 그 속에서 만나는 매력적인 부조리의 법칙

* 내 인생을 위한 세계문학 시리즈(큰 글씨 책)는 계속 출간됩니다.